未来の私へ贈る、君と紡ぐ今日の物語

蒼井紬希

これは、その人の心の色を視《み》て、恋や愛を知る、愛《いと》おしい物語――。

目次

装画：ajimita

序章　初恋マリアージュ

金沢《かなざわ》の茶屋街《ちゃやがい》のひとつである『ひがし茶屋街』にある和紙工房『マリアージュ』。その名前の由来は、江戸《えど》時代生まれのご先祖様が、妻へのプロポーズの代わりに、この工房を贈り物にしたことからつけられたらしい。

マリアージュは、フランス語で「結婚」を意味する言葉だ。そして、もうひとつワイン用語としてのマリアージュの意味も含まれている。料理とワインの組み合わせ、またその相性のことを示し、互いに香りや味を高め合う組み合わせのことを「すばらしいマリアージュ」と表現されるのだとか。

つまり、和紙が様々な色や香りや形を組み合わせ、すばらしい工房になりますように、という願いが込められているそうだ。

母方の祖母、千恵子《ちえこ》からその話を聞いたとき、昔の人はなんてロマンチックだったのだろうと、彩羽《いろは》は思った。

祖父の昭太郎《しょうたろう》もご先祖さまに倣《なら》って、この工房を一緒にやろうと千恵子にプロポーズしたのだ。彩羽は祖父母の相思相愛《そうしそうあい》のロマンス話が大好きだった。

そんなふうに大事に愛された一色家《いっしき》の和紙工房マリアージュから少し離れた所には、和紙で作った商品を扱った店舗『Mariage《マリアージュ》』がある。彩羽はそのお店のことが小さい頃《ころ》からとても気に入っていた。

中学二年の頃に両親が離婚し、彩羽は母と一緒に東京《とうきょう》から金沢に引っ越してきたのだが、その翌年、母が再婚して新しい夫と仙台《せんだい》で暮らすことが決まったとき、彩羽はひとり金沢に残ることを選んだ。それからずっと祖母の千恵子の家でお世話になっている。

高校に入学後、和紙の手作り教室を開いている忙しい千恵子に頼まれ、彩羽はこの店でアルバイトをはじめた。祖母孝行をしたかったし、高校生になったら欲しいものはなるべく自分で稼いで買うようにしたかったからちょうどよかった。もしかしたら、遠慮しがちな彩羽のために、千恵子が気を利かせたのかもしれなかった。

彩羽はこの春、四月になったら高校二年生に進級する。学校は春休みに入ったので、今日も午前中からアルバイトに勤《いそ》しんでいるところだった。

金沢市内には『ひがし』『にし』『主計町《かずえまち》』の三つの茶屋街がある。そのうち、ひがし茶屋街は最《もっと》も規模が大きい。石畳が敷かれた通りの両側に江戸から明治《めいじ》初期の建築が立ち並んでいる、金沢を代表するスポットのひとつだ。茶屋街には、春休みやゴールデンウィークをはじめ連休の日には観光客も多く見られる。歴史的景観や和風の雰囲気を大切にしたいという理由から、マリアージュのアルバイトの制服も着物だった。

セミロングの髪をうしろで結い、着物をしっかりと着る。そうすると、仕事をしているのだという意識が芽生え、身が引き締まる。

最初は手間取ったが、昔舞踊教室の師範を務めていた経験がある祖母から着付けのコツを教えてもらって以来、今では上下に分かれている高校の制服を着るよりも楽かもしれないと思うようになった。

それでも、着物姿で立ち仕事をしていると、いくら若い高校生とはいえ、だんだんと腰が痛くなってくるものだ。彩羽は無意識に帯の下をとんとんと拳《こぶし》で叩《たた》いた。

彩羽は時計を確認した。まもなくお昼の時間になる。現在、和紙の手作り教室にいる祖母が帰ってくるまで店番をする約束だ。

時間を意識したら、お腹《なか》がぐーっと盛大な音を立てた。誰《だれ》もいないのを見計らい、その場でちょっと屈《かが》んでいたら、お客が店の中に入ってくる姿が見えた。

慌てて立ち上がると、そのお客は彩羽を見て、呆《あき》れたような声を出した。

「なんだか、おばあちゃんみたいやよ、彩羽ちゃん」

「なんだぁ、あこちゃんかぁ」

彩羽はホッと胸を撫《な》で下ろす。お客さんは顔見知りだった。

ショートボブの活発な雰囲気が印象的なあこちゃんこと天野亜希子《あまのあきこ》は、同じ高校に通っている友だちだ。

彼女とは去年オリエンテーリングのときに意気投合《いきとうごう》し、出席番号も近いことから、ずっと仲良くしている。この間も二年生になっても同じクラスだといいなと話していたところだ。

「差し入れ持ってきたんよ。桜餅《さくらもち》なの。良かったらどうぞ」

亜希子は言って、手提げの紙袋を彩羽に差し出した。

「わぁ。嬉《うれ》しい。ありがとう。いい匂《にお》いがする」

亜希子はひがし茶屋街でも人気のある茶屋菓寮《ちゃやかりょう》『天月《あまつき》』の娘さんなのだ。快活な彼女は看板娘で、いつも遊びに来るときは和菓子をおすそ分けにもってきてくれる。今日もらった桜餅は彩羽の大好物だった。甘酸っぱい独特の香りがふんわりと鼻腔《びこう》をくすぐると、たちまちお腹が鳴りそうになった。

「千恵子さんと春緒《はるお》おじさんと、それから創生《そうせい》さんたちのぶんもちゃんとあるから、分けてあげてね」

「みんなきっと喜ぶよ。私も今から楽しみ」

その言葉どおりに、今すぐにもかぶりつきたい気持ちだ。

「ね、ところで、どうなの？　恋の花咲く季節やけど……彼との進展は？」

亜希子の意味ありげな視線にどきりとして、彩羽は彼女から一歩距離を取った。

「な、何もないよ。別に……」

亜希子の大好物は和菓子より恋バナだ。花より団子状態の彩羽とは正反対である。

「ふうーん。つまんないの。デートの誘いくらいしたらいいのに、創生さんも罪な男やね」

ふう、とため息をついて、亜希子は上品に頭《かぶり》を振った。

創生さんというのは工房のお弟子さん、久遠《くおん》創生のことだ。彼は今年の春からアパートでひとり暮らしをしながら県内の大学に通うことになっており、彼も同じく春休みなので、今日はもう早い時間から工房入りしている。そして彼は彩羽の片想いの相手だった。

「遊びに来ているわけじゃないし。休憩時間によく話はしてくれるよ」

「そういうのは、男女の関係とは言い難いやんか」

彩羽は何も言えなくなり、笑ってごまかす。

「そっちこそ、神楽《かぐら》くんとはどうなの」

なんとか亜希子からの追求を逃《のが》れるべく、彩羽は話題を彼女の方に移した。

「どうって……うち颯人《はやと》とはただの腐れ縁っていうだけやもん」

颯人……神楽颯人は、亜希子の幼なじみで、加賀友禅《かがゆうぜん》の呉服屋の息子だ。彼も一年生のときクラスメイトだった。明るい性格の男子で、クラスでもなにかと話題の中心になる人物である。

亜希子はそんな颯人のことが好きなようだが、幼なじみという立場から、なかなか素直になれないようだ。

彼女がいう腐れ縁という言葉は単に照れ隠しなのだと彩羽にはわかっている。その証拠《しょうこ》に、颯人の話題になった途端、亜希子の頬《ほお》が一段と桜色に染まったからだ。

「な、何よー彩羽」

彩羽の思考を気取ったらしく、怒った猫のように目を少し吊《つ》り上げ、亜希子が不満そうに口を尖《とが》らせた。その姿を見て、彩羽は笑った。

「あこちゃんの方が、ずっと恋してるなと思っただけだよ」

恋、という言葉に、亜希子はたちまち反応し、耳まで真っ赤に染め上げた。

「待ってたいま。そういうのはナシやよ」

「だって、あこちゃん顔に出てるもんね」

「うそぉ。そんなことない」

わいわいと賑《にぎ》やかに女子トークを繰り広げていると、「ただいまー」という声が聞こえた。

「彩羽、お店番上がっていいわよーお昼にしましょ」

「あ、おばあちゃん」

千恵子が帰ってきたようだ。祖母は亜希子の姿を目にし、「あら」と笑顔を覗《のぞ》かせた。

「いらっしゃい。おふたりさん、いつも仲良しやね」

そう言い、目元に皺《しわ》を刻む。

「お邪魔してました！」

亜希子がひょこっと顔を出して、元気に挨拶《あいさつ》をする。

「あこちゃん、差し入れ持ってきてくれたの。桜餅だって」

「あらあら。いつも悪いわねえ。ごちそうになります」

千恵子は丁寧にお辞儀をした。すると、亜希子はうさぎの子のようにぴょこと頭を下げた。

「いえいえ。よかったらぜひ。うち、塾《じゅく》があるから、そろそろ行かんなんと。また遊びに来ます！」

そう言い、亜希子が彩羽に「じゃあね」と手を振った。

「あんやと、あこちゃん」

金沢弁に倣ってお礼の言葉を告げると、亜希子がにやっと小悪魔っぽい笑みを浮かべた。

「都会生まれの彩羽ちゃん、さては、創生さんと金沢で永住する気になったん？」

「も、もう。そう言うんじゃないよ。からかわないで」

きっと、さっきの仕返しだ。彩羽は顔に熱が込み上げるのを感じつつ、逃げるように去っていった亜希子の後ろ姿を見送るのだった。

「元気のいい子やね。彩羽はいい友だちができたわ」

千恵子がくすくすと笑う。

「うん。毎日楽しいよ」

彩羽が声を弾ませると、千恵子は嬉しそうに目を細めた。

「彩羽の口から楽しいっていう言葉が聞けたら、おばあちゃんも幸せやわ」

「やだ、おばあちゃん。なんでしんみりするの？」

「なーも。孫娘の成長を嬉しく思っているだけやよ」

なんだか気恥ずかしくなって、彩羽はとっさに亜希子のお土産《みやげ》を抱え、工房の方を気にかけた。

「おばあちゃん、お昼の前に、ちょっと工房に行ってきていい？」

「いいわよ。せっかくだから差し入れ一緒にいただいてきまっし。おばあちゃんの分はいいげんて、お弟子さんに出してあげて」

「わかった。じゃあ、ちょっと行ってきます」

彩羽は店の勝手口のドアを開き、左手にある小路へと足を向け、工房に続く中庭の入り口を慣れたように横切った。

茶屋街に面しているお店の裏側にある庭は、緑葉樹に隠された小さな森のようになっていて、石畳が敷かれた狭い通路がある。

人ひとり分が通れる小道を五分くらい行くと、古い日本家屋を改造した工房の正面に出るのだ。まるで秘密基地みたいなこの通り道が、彩羽は好きだった。

そんな隠れ家のような工房の中には、何人かの職人の姿が見えた。彩羽はドキドキしながらそっと身を忍ばせ、藍染《あいぞめ》の作務衣《さむえ》を着た彼らの中にお目当ての人物の姿を探す。

（あ、いた……）

創生は紙漉《す》きをしていた。紙漉きというのは漉きげたという木枠を使い、紙の原料が入った水槽《すいそう》の中で縦や横に揺らし、紙を均等の厚さに漉く行為のことで、和紙を制作する上でとても大事な工程であり、技術のいる作業である。

そうして薄くとろけた繊維の紙床板に溜《た》まった水分を圧搾し、乾燥させたら選別をして完成となる。

特殊なデザインを制作するときは、一般的な紙漉きのときに一手間が加えられる。紙の原料が入った水槽の中に木枠を嵌《は》めたら、押し花や金粉などの様々な細工を散らしたり、赤、青、黄といった色とりどりの染料を吹き流したりするのだ。

工房の中央で、乾燥させた和紙がのれんやカーテンのようにゆらゆらとそよ風に揺れていた。完成した和紙は、次に職人の手によって二次加工作品へと変身を遂げるのを今か今かと待っている。

真剣な表情で取り組んでいる創生の邪魔をしたくなくて、彩羽は少し離れた距離にある作業台の丸椅子《いす》に腰を下ろし、台の上で頬杖《ほおづえ》をついた。

彩羽が創生を見つめていられる時間は、工房に彼がいるときだけ。

創生は作務衣の上からエプロンを身につけているが、作務衣にまで染料が散って汚れていた。

彼の精悍《せいかん》な表情とその真摯《しんし》な眼差《まなざ》しがとてもまばゆい。涼しげな顔立ちからは想像できないくらい、彼の情熱をひしひしと感じ取れる。節くれだった手を含め、様々な色に染まった彼自身がまるで芸術品のように見えてくる。

彼は普段から口数が多い方ではないクールなタイプだけれど、だからこそ彼の甘いマスクがよりいっそう引き立てられるのかもしれない。彼を表現するなら、職人の技術を持った王子様だろうか。

彼と同じ大学に通う人たちが羨《うらや》ましい、と彩羽はぼんやり思った。もっと色々な彼の表情を見てみたいという熱望が身体《からだ》の奥底から込み上げてくる。

せめて今は独《ひと》り占めしていたくて、しばらくこのまま見ていようと思っていたら、奥の方で別の作業をしていた叔父《おじ》の春緒が彩羽の存在に気づいたらしい。

「彩羽？　どうしたん。そんなところで蹲《うずくま》って。腹でもいとうなったんか」

工房中に響く声だった。春緒は三十七歳にして独身。好きな男のために陰ながらそっと見守っていたいという女心には疎《うと》い男だった。

おかげで創生の集中力を欠いてしまったようだ。彼の手が止まってしまった。

あーあ、と思いながら、彩羽は仕方なく立ち上がった。

「もう、しっ。違うよ、おじさん」

彩羽は口元に人差し指をあてた。

非難したい気持ちはあったが、春緒は別に悪くはないので、彩羽はただもどかしい気持ちになるばかり。春緒はきょとんとした顔をしている。

仕方なく腕に抱えていた紙袋を見せて事情を話そうかと思ったら、

「差し入れ持ってきてくれたんやろ？」

と、創生の方が気づいてくれたらしい。手元を休めて、こちらを振り向いた。

「うん。あこちゃんが持ってきてくれたんだ。桜餅。皆さんよかったらって。邪魔したくなくて、様子を見てたの」

「気づいとったよ」

創生が僅《わず》かに笑う。熱っぽい視線を悟られていたらどうしようと彩羽は恥ずかしくなってしまった。

「あんやとな」

爽《さわ》やかな創生の笑顔に、彩羽の心はたちまち空を舞うシャボン玉のように軽やかになった。

「ほんなら、ちょっこし、休憩しようけ?」

春緒が言って、頭に巻いていたタオルで汗を拭《ぬぐ》った。他《ほか》の弟子たちも揃《そろ》って頷《うなず》く。工房には十人以上在籍していた。若い人から年配の人まで様々だ。

「今、お茶を淹《い》れてくるね」

彩羽は休憩所の台所に行って人数分のお茶を用意し、それぞれに振る舞ったあと、自分はちゃっかり創生の隣に座った。

「さっきのとっても綺麗《きれい》だった」

「春の新商品がやて」

創生は言って、色素の薄いサラっとした髪をかき上げた。その色っぽい仕草に彩羽は思わずどきりとした。

作業をしているとき、たまに額にかからないようにタオルを巻いていることがあるけれど、こうして下ろしているときはまた違った表情になる。やっぱり職人さんから王子様に変身したみたいだ、と彩羽は彼に見惚《みほ》れる。

「発売するの楽しみだね。私も欲しいなぁ」

「そうやった。これ彩羽にやる」

創生が少し腰を浮かして、すぐそばの作業台に置いてあった和紙のコースターを彩羽に手渡した。

「もらっていいの？」

青や黄色や桃色の、淡いパステルカラーマーブル模様に染まったそれは、彩羽の目には虹《にじ》のように映った。

「失敗作の欠片《かけら》やけど……しょうもない切れ端やし」

と、創生が肩をすくめる。失敗したのが恥ずかしいのだろうか。彼の頬が微《かす》かに薄紅色に染まった。

たしかにほんの手のひらサイズのそれは、製品としては売り物にならないのだろう。けれど、彩羽にとっては逆だった。

（恥じることなんて何もない。素敵……）

「私にとっては大成功作だよ。またパズルのピースが集まった」

「ようわからんけど」

「そう。そのよくわからないものが可愛《かわい》い年頃なの」

彩羽が無邪気に喜ぶ傍ら、創生はますますばつが悪いような顔をしていたが、その一方まんざらでもなさそうだった。

ふたり並んで桜餅を頬張る。

「……うまい」

「ん、おいしいね」

餡《あん》の糖分がじんわりと頬の内側に染みてきて痺《しび》れるような甘さを感じた。塩漬けされた桜の葉は、甘酸っぱい初恋の気持ちをも加速させるようだ。創生の横顔をたまに盗み見てはきゅんと胸が音を立てている。

最後の一口を食べようとして再び横を向いたら、創生とばっちり目が合い、彩羽は大きく開きかけた口を慌てて閉じた。いつから創生は見ていたのか、「ぶふっ」と笑い出した。

「な、何。創生さんったら」

「いや。ほんとにうまそうに食べてるな、と思ってな」

「そ、それはもちろん。大好物だもの」

すると、創生の手が頬に伸びてきて、彩羽は目を丸くする。急に顔が近づいてきたことに驚いて固まっていると、彼の無骨な指先が、彩羽の口の横をするりと撫でたのだ。

「餡子ついてる」

「……っ！」

（な、なんだ。びっくりしたぁ……！）

いきなりのキスみたいな、いわゆるドラマや映画なんかでよく見る風景を妄想した。

創生がさっき笑っていたのは、餡子がついていたからだったらしい。

恥ずかしいやらみっともないやら。彩羽の顔からは湯気が出そうだった。

「うぅ……」

激しい羞恥《しゅうち》心に打ちのめされていると、創生がフォローするように言った。

「彩羽のそういうところ俺《おれ》、見ていて飽きないわ」

褒められたのか、慰められたのか。

彩羽は残った桜餅を、ちまちまと口に運んだ。

彼に触れられた口元が、まだ熱を帯びているような気がする。

（こんな調子じゃ、デートに誘うなんて……できないし、誘われるはずもないし）

悶々《もんもん》と考えてしまうものの、実行する勇気はまだなかった。

ただ、想像するだけは自由だよね、と彩羽は自分に言い聞かせる。

たとえ恋愛対象として見てもらえていなくても、彩羽はそれでもよかった。創生がそこにいてくれるだけで今は満足しているのだ。

いつか、祖父が祖母にプロポーズしたみたいに、結婚したいと思うような人が現れるのだろうか。まったく想像が働かない。

創生さんだったらいいなぁというふうに思うことはあるけれど。昔の人のような大恋愛なんて自分には縁がないような気がしていた。

それに、恋や愛が永遠ではないことを、彩羽は知っている。だから、自分に置き換えて想像することができなかったのだ。

ただ憧《あこが》れていたい。ただ恋をしていたい。彩羽にとって今はそれで十分だった。

第一章　桜色の栞と恋のいろは

春は新年度ということもあって、文具類がとくによく売れる。和紙の柄のペンケースや手帳、和紙の柄を入れたハーバリウムのガラスボールペン、透かし彫り風のふせん、マスキングテープなど、色々だ。

工房で作られたものは店で販売するか、二次加工を担うデザイン事務所や下請けの製作所などへ卸《おろ》される。他《ほか》には、特注のオーダーメイドも引き受けていて、舞踊で使う扇子や床の間に飾る作品など小さなものから大きなものまで多種多様《たしゅたよう》のものが日々作られている。

和紙の紙漉《す》き職人だった先祖の時代と比べ、制作や販売の形態は時代の流れに合わせてだんだんと近代的な手法に変わってきているようだが、店舗で直接販売されるものは、量産して卸したものではなく、一点ものの手製のオリジナル商品を扱っている。そこが、唯一現代に残されたマリアージュならではのこだわりというわけだ。

彩羽《いろは》は、そのオリジナルの手製品がとても好きだった。なぜなら、創生《そうせい》が手掛けてくれているものだからだ。

たまに失敗したと言って創生は彩羽にデザインされた和紙の一部の切れ端を譲ってくれるのだが、それらはすべて彩羽の宝物として化粧箱にしまわれていた。その化粧箱の表面にも丁寧に和紙を貼《は》り付けてあった。表面はオパールのように光の加減によって虹《にじ》色にきらめいている。

パズルのピースが集まってくるみたいな、と彼に説明したけれど、もっと言うなら浜辺で綺麗《きれい》な貝殻を見つけたときみたいな、わくわくした高揚感と言ったらいいだろうか。ふと思い出したように箱を開いて、ひとつひとつ眺めることもある。それが彩羽にとって癒《い》やされる時間でもあった。

不意に時計が視界に入った。まもなくアルバイトが終わる時間だ。最後に棚の清掃をし、新作を飾るスペースを作ろうとすると、騒がしい声が聞こえてきた。

駆け込みの客だろうか。春休みでこの間から観光客がけっこう増えているのだ。

「お、よかった。彩羽ちゃん、おったわ」

その声に弾《はじ》かれたように振り向くと、神楽颯人《かぐらはやと》の姿があった。

颯人は、件《くだん》の亜希子《あきこ》の幼なじみである。来客はもうひとりいる。彼の隣には田中陽平《たなかようへい》がいた。彼らはテニス部の仲間で、ふたりがよくつるんでいるのを彩羽も見かけていた。

しかしわざわざ店にふたり揃《そろ》って訪れるのは珍しい。

「神楽くん、いらっしゃい。それから、田中くんも、こんにちは」

彩羽が笑顔で挨拶《あいさつ》をすると、「どうも」と颯人は言い、陽平はぺこりと頭を下げる。

勝気な性格が表れている目鼻立ちのはっきりした、太陽のように明るい颯人に比べ、陽平はちょっとシャイで木陰で読書するのが似合いそうな爽《さわ》やかな男の子だ。彼らはそれぞれ名前と正反対な印象である。

「ふたりで仲良くお買い物？」

「邪魔してごめんな。実はな、困ったことになってんよ」

と、颯人が眉尻《まゆじり》を下げた。

「何があったの？」

ふたりの顔を交互に見ると、陽平がなぜかきまり悪いような顔をしていた。

「陽平、おまえから説明せーや」

颯人が陽平を肘《ひじ》でつつく。

すると、陽平は照れくさそうな表情を浮かべ、口を開いた。

「えっと、実は……特徴のある和紙の栞《しおり》を持ってたんだけど、それをなくしちゃってさ。なんとか引っ越しの前に見つけなきゃと思って焦ってたんだ。俺《おれ》、夏休みが終わったら、親の転勤で神奈川《かながわ》の方に行くから」

陽平の親が転勤族だということは前に颯人から聞いたことがあった。彼も東京《とうきょう》出身の人らしい。

「何か思い入れのある特別なものなの？」

「うん。大事な人にもらったものなんだ」

「お目当ての女の子からな。よく図書室でこっそりむっつりデートしてる相手やて」

颯人が冷やかすような口調で言った。

「その言い方はどうなんだよ。そんなんじゃないよ」

と、陽平が慌てたように訂正する。彩羽はぼんやりと図書室で親しげに会話をするカップルを想像した。

「へえ。図書室デートっていいね」

やはり印象どおり、彼は読書好きのようだ。

彩羽が微笑《ほほえ》みかけると、陽平は言葉を詰まらせ、夕暮れと同じ色に染まった頬《ほお》を、指先でくすぐったそうに引っ掻《か》いた。

ほらな、と颯人がにやついた顔で言った。事実であることは間違いないらしい。

「図書室も隈《くま》なく探したし、自分でも思い出せる限りのルートを辿《たど》ったけど、無理だった。それで、次に彼女に会ったときに使ってなかったら気にするかもしれないし、茶屋街《ちゃやがい》の雑貨屋で見つけたって言ってたから、同じものを売ってるお店があれば買いたくて、何軒か回ってたんだ」

きっと彼女は陽平のために選んでくれたのだろう。

「うちで何軒目?」

「ひがし茶屋街はまだこれからなんだ。家に近いにし茶屋街の方の店はいくつか見てみたんだけどね」

ひがし茶屋街は浅野川《あさのがわ》の近くにあった。金沢《かなざわ》の中心地を真ん中に挟むようにして流れている二つの川のうち、女川といわれる川、それが浅野川だ。

反対に男川といわれている犀川《さいがわ》は、にし茶屋街の方になる。広いので、すべてを把握したわけではないが、にし茶屋街は、ひがし茶屋街よりも落ち着いた大人《おとな》っぽい店が多いようだ。

店の中の商品も探してもらったが、ここにもなかった。レジ台の下に収納してあった過去のカタログも探してみたが、見つからなかった。

「ひがしの方がうち含め、雑貨屋さんはけっこうあると思うんだよね」

彩羽はひがし茶屋街の店の並びを思い浮かべながら、うーんと唸《うな》る。

「そうなんて。ほんで、男だけで回るのもどうかと思ってな。彩羽ちゃんのこと思い出したんやよ。このあと一緒に付きおうてくれんけ？」

と、颯人が両手を合わせる。陽平も同じようにそうした。彼らからそれぞれ頼られ、人懐っこい子犬のような瞳《め》を揃って向けられたら、さすがに嫌とは言えない。

「わかった。いいよ。バイトの時間終わりだし、私でよかったら付き合うよ」

「よかった。ありがとう。助かるよ」

陽平がほっとしたように言った。本当に大切なものなのだろう。

しかし彼女がくれたものとまったく同じものを購入すれば陽平の罪悪感は薄れるだろうが、彼女は気づいたりしないだろうか。そもそも彼女には言わずにいるのだろうか。僅《わず》かな疑問を浮かべながらも、彩羽は彼らの栞探しに付き合うことになったのだった。

『うさぎの絵柄の、菫《すみれ》色の……』

陽平が書き起こしたイラストを参考に、三人は血眼《ちまなこ》になって探し歩いた。

似たようなデザインの商品は幾つかあったが、まったく同じものというのはなかなか見つからない。何店舗も雑貨屋巡りは続いた。

収穫がないまま、ひがし茶屋街をだいたいひと回りしたところで三人は足を止め、顔を見合わせてため息をついた。きっと皆同じ気持ちに違いない。

「こんなに探してもないなら、実は、ここの界隈《かいわい》の商品じゃない可能性とか?」

彩羽の発言に、陽平は頭《かぶり》を振った。

「でも、たしかに彼女は茶屋街の雑貨屋で買ったんだって言ってたんだよね」

「そんなら、絶版になったデザインっていう可能性もあるんやない?」

顎《あご》を撫《な》でながら、颯人が唸る。

「だとしたら、手当たり次第に当たっても意味がないかも。せめて製造元の名前がわからないと……そこまではチェックしてないよね?」

彩羽が言うと、陽平が途方に暮れた顔をした。

「栞が入っていた元のビニールの袋はその日のうちに捨てちゃったからなぁ」

どうしたらいいだろう。彩羽もまた途方に暮れてしまう。せっかく頼ってきてくれたのだから、なんとか力になってあげたいのだが。

歯がゆい気持ちを嘲笑《あざわら》うかのように、無情にもあたりは薄暗くなってきていた。雑貨屋は飲食店に比べ、閉店時間が早いところもある。急がないと時間がなくなってしまう。日を改めることもできるだろうけれど、一日も早く解決したいだろう陽平の気持ちを考えたら、安易にまた明日とは言えなかった。

「よし。ここまできたら、主計町《かずえまち》の方も見てみようか?」

彩羽は気合を入れ直し、橋の向こうに連なる別の茶屋街の方へ視線をやった。

三人はちょうどひがし茶屋街から主計町の方に行く梅ノ橋《うめのはし》のたもとにいた。金沢出身の文豪、泉鏡花《いずみきょうか》の代表作のひとつ『義血侠血《ぎけつきょうけつ》』に登場する女芸人をモチーフにした『滝の白糸像《たきのしらいとぞう》』が建っているあたりだ。

『義血侠血』とは、金沢と富山《とやま》を舞台とした、水芸の女芸人と法律家をめざす苦学生の切ない物語である。像のセンサーパネルに手をかざすと、水芸を表すように扇子から水が噴き出る仕組みになっている。

ちなみに、陽平の好きな子がうさぎの絵柄の栞をくれたのは、彼女が泉鏡花に憧《あこが》れているからなのだそうだ。擬人化したキャラのグッズや概念となるモチーフ雑貨を熱心に集めているのだとか。

そんな話をしながら三人はここまで歩いてきていた。

「彩羽ちゃん、バイトの後なのに、歩くの疲れたよね？　連れ回してごめん」

陽平が申し訳なさそうに眉《まゆ》を下げた。

「大丈夫だよ。私ならぜんぜん元気だから」

「いや。言われてみれば、気が利かなくてすまんかった。ちょっこし休憩しよか。俺、なんか適当にこうてくるよ」

颯人が言って、すぐそばの自販機を指差す。そう言われると喉《のど》が渇いてきた気がする。

「じゃあ俺はコーラで」

「私はお茶がいいな」

「了解した」

颯人を見送ったあと、彩羽は『滝の白糸像』の方を見やった。物語のヒロインである水芸人の太夫《たゆう》は、泉鏡花が考えに考え抜き、理想を追求し続けた女性という説がある。

（うーん……泉鏡花さん、何かいい案はないですか……？）

彼女を見つめながら、現代文の授業を思い出していた。

教師曰《いわ》く、文豪と呼ばれる作家は、読者が考えている以上に物語の結末を何通りも考えるものだという。そして結末の選択は筆者の人生の選択と言っても過言ではない、と教師は続けて言った。ひとつの作品の結末によって、その作家の人生は決められたのだ、と。

だから、結末の選択は、けっして一朝一夕《いっちょういっせき》でできるような簡単なことではない。その選択が果たして本当に正しいものなのかを模索し続けなければならない。その模索し続けることこそが、人の人生そのものだといえる、と。

現代人は考えることが苦手だ。流される方が楽だからだ。人生の岐路《きろ》は幾つもある。選択を見極められるように、もっと考える力をつけることが大事なのだ、という教師からの熱い助言であった。

さっき、彩羽はその選択に引っかかるものを感じていた。疑問に思いながらも、考えもなしに選択を断定してしまった。だが、改めて彩羽は考える。陽平のためにただ同じものを探すということに力を貸すだけでいいのだろうか。

教師の話を思い出しながら『滝の白糸像』をぼんやり見ていたら、そのうち彩羽はピンと閃《ひらめ》いた。

（そうだ……いいこと考えた）

颯人が自販機のところから戻ってくるのを見計らい、彩羽は陽平の方を振り仰いだ。

「ねえ、私思ったの。栞をなくしたことを彼女にきちんと謝って、代わりに、田中くんが作った栞を彼女にあげたらどうかな？」

「え、栞を手作りするってこと？」

陽平が目を丸くする。

「うん。なくしたって知ったらショックは受けるかもしれないけど、陽平くんが心を込めて作ったものを渡したら、きっと彼女にも想いが伝わると思うよ」

散々探し回ったあとだが、我ながらいい案だと思った。もっと早くに気づけばよかった。

「それいいがいいね。告白するつもりやったがけ？」

と、颯人が陽平にコーラを一本手渡した。

「告白！　そうなんだ」

今度目を丸くしたのは彩羽の方だった。陽平はきまり悪そうにしていたが、否定しなかった。転校する前に、想いを告げるつもりだったらしい。

「不器用な自分にできるかな？　かなり凝った栞だったけど。小学生の工作状態になるのが目に見えるな。こんなものでごまかして馬鹿《ばか》にしないでって怒られるかも」

陽平はコーラを片手に、戸惑っているようだった。

「彼女、そんな怖そうな子やないやろ」

颯人はプルタブを引き上げ、一気に冷たいお茶を流し込んだあと、呆《あき》れた表情を浮かべた。

「そこで、私の出番じゃない？」

彩羽が誇らしげに胸を反らすと、陽平と颯人は互いに顔を見合わせる。彼らにはこちらの意図がうまく伝わっていないらしかった。

言葉足らずだったことを反省しつつ、

「えっと、とにかく、強力な助っ人がいるから私についてきてもらえればわかるよ」

そう言ってふたりを従え、彩羽は足早に店に戻っていった。

店はとっくに閉まっていたが、扉はまだ鍵《かぎ》がかかっていなかった。店の奥にある事務机の前に千恵子《ちえこ》の姿があった。

彩羽が声をかけると、老眼鏡《ろうがんきょう》をかけて帳簿をつけていた千恵子が驚いた顔をした。

「あら？　彩羽？　お友だち？」

「ちょっと工房の方に用事があるの。行ってくるね」

「すみません。お邪魔します」

「いいわよ。ごゆっくり」

彩羽に続いて、颯人と陽平も千恵子に会釈をし、後についてきていた。

「へえ。店の裏側ってこんなふうになってたんだ」

陽平が物珍しげにきょろきょろと小さな森の中を見渡す。小鳥や栗鼠《りす》がひょっこりと顔を出しそうな雰囲気が漂っていた。

灯籠《とうろう》の灯《あか》りでぼんやりとした小路をひとりずつ続いた。

「秘密基地みたいでしょ」

彩羽は得意げに言った。

「隠し通路みたいやもんな」

感心したように颯人が言った。

今頃、工房内は片付けをしている時間だが、創生はいるだろうか。

工房に到着してすぐ、作業場にそうっと顔を出してみると、作務衣《さむえ》姿の創生とばっちり目が合った。

「よかった。まだいた」

「何か用か?」

「忙しいのにごめんね」

「いつものことやないけ。相談したいことでもあるんやろ」

ふっと創生が口端を引き上げる。聡《さと》い彼にはお見通しだったようだ。彩羽は思わず肩をすくめた。

「うん。実は、困っていることがあって、創生さんに力を貸してほしい人がいるの」

彩羽は言って、後方にいた陽平と颯人の方を振り仰ぐ。

「こんばんは」

緊張した面持《おもも》ちで陽平が挨拶をする。

「えっと、同じ学校の田中くんと神楽くん。神楽くんは加賀友禅《かがゆうぜん》の息子さんで、ほら、あこちゃんの幼なじみ」

「ああ」と創生はすぐに認識したらしかった。

「お世話になってます。勝手に入ってきてすみません」

と、颯人が頭を下げた。

「じゃまない」

『大丈夫』と創生は顎を引く。

「そいで？　何を協力すればいいが？」

「えっと、和紙で栞を作りたいの。大事な人への贈り物なんだけど。ちょっと事情があって急いでいて……」

ここに来るまでの経緯を説明すると、創生は頷《うなず》いてみせた。

「わかった。準備するから少し待って」

「え!?　あ、あの。今日これから大丈夫なの？　おじさんに叱《しか》られない？」

まさか今日すぐに対応してもらえるとは思わず、彩羽は拍子抜けする。

「急いでるんやろ。栞作るくらいならそこまで負担はかからんし、こっちは構わないから気にしないでいい。親方にしても体験会なら歓迎やよ」

気を利かせた創生の言葉に、彩羽はぱっと表情を輝かせた。

「体験会！　素敵。ぜひともよろしくお願いします！」

彩羽が勢いよく頭を下げると、陽平と颯人も後に続いた。

「すみません。お願いします！」

「じゃあ、君はこっち来て。まずは紙漉き体験からやな。この枠を持って」

と言い、創生は陽平に木枠を手渡した。

「あ、はい。うまくできるかな」

陽平は緊張した様子で、おそるおそる紙漉き用の木枠を持った。

「要領さえ掴《つか》めば、大丈夫やよ」

「神楽くんも、あこちゃんに作ってあげたら？」

彩羽の提案に、颯人は乗り気ではない。

「俺は見学しよと思ったんやけど、彩羽ちゃんにやったら作ってあげてもいいかな」

と目配せされ、彩羽は困惑する。颯人は軟派なところがあるのだった。

「え？　私……」

亜希子がもしここにいたら、すぐに颯人を止めてくれたかもしれない。とりあえず彩羽は笑ってごまかした。

「次はデザイン……色やけどなんかイメージある？」

「えっと、月夜とうさぎ……みたいな？　紫色の」

　一方、創生が手本をして見せている姿に、彩羽は思わず微笑んだ。彼自身が作っているときとはまた違って、先生をしているときもまた素敵だ。

　彩羽の視線の行く先に気づいたのか、

「なんなん。妬《や》けるわぁ」

と、颯人がぼやいていたが、それも瞬く間に聞こえなくなった。

　陽平は必死に創生の手元を真似《まね》し、手元にあった染料を流し込んだ。

　白地のままだった和紙が薄紫色に染まっていき、やさしいグラデーションを広げていく。さらにデザインの型を使ってその上に黄色の輪がふんわりと浮かび上がる。それは夜空に浮かぶ丸い月……彼がイメージしているものらしかった。

「こんな感じでどうかな。うさぎ……までは難しいけど」

「すごくいいと思う！」

　彩羽が飛びつくように言うと、陽平は照れてくすぐったそうにしながらも、すぐに笑顔を咲かせた。

「うさぎを描《か》きたいんなら、少し待って、乾燥した和紙を裁断したあと、最後に筆を使って絵付けすればいい。この小さい枠でも十枚以上は作れるから失敗も気にしなくていいよ」

　創生が顎をしゃくった作業台の上には、絵付け用の筆がいくつも並んでいた。

「彼女きっとすごく喜ぶね」

「喜んでもらえるといいけど。っていうか、まずは、なくしたこと謝らないとな」

陽平はそう言い、栞のデザインを眺める。

「大丈夫だよ。きっと田中くんの誠意は伝わるはず」

彩羽は陽平の恋を心の底から応援したいと思った。

これほど大事に彼女を想っている陽平の姿に、彩羽は感動していたのだ。

「実は、絵はあまり得意じゃないんだよな」

「そんなら俺に任せて。デザイン案を何個か出して見るわ」

彩羽と一緒になって眺めていた颯人は、創生から借りた絵筆を手に持って、試し書き用の紙の上にするりとうさぎの絵を描きはじめた。

「可愛《かわい》い。上手《じょうず》だね」

「そうやろ？」

彩羽は頷く。颯人の画力は言うだけのことはあった。意外な才能だ。

「彩羽は作らんの？」

創生が声をかけてくる。

「作ってもいいの？」

おずおずと彩羽が尋ねると、創生は口の端を引き上げた。

「もちろん。そこにある材料なら、自由にしてくれていいから」

「染料が残ってるのもったいないから、私は紫色のお花にしようかな。菫とかいいかも」

それぞれ思い思いに栞づくりをし、完成した作品を披露し合った。

彩羽は菫色、創生は桜色……そして最後にみんなうさぎを描いて乾かした。

「なんか修学旅行を先取りした気分やね」

陽平は充足した表情で言った。

「俺も今言おうと思うてたわ」

と、颯人が楽しげに言った。

ちょうど同じような気持ちでいた彩羽も即座に頷く。

「貴重な体験だし、楽しいから、ぜひ修学旅行生にも来てほしいね」

「予約の打診はあったみたいやよ」

片付けをしながら創生が言った。

「そうなんだ。もし決まったら私も手伝うね」

創生はやさしく微笑み、頷いてみせた。

「彼女とここに来ればよかったな」

と、陽平が言った。本当に彼女のことが好きなんだな、と彩羽は彼の表情を眺める。名前とは正反対の印象だと思っていたけれど、案外彼は見た目とは裏腹に、熱い想いを胸に秘めているタイプなのかもしれない。

陽平の話によると、春休み中は親戚《しんせき》のうちにいるという彼女と接点がないということだ。そこで、新学期がはじまってから彼女を図書室に呼び出して告白するという作戦が立てられ、その日は完成した栞を持ち帰ることにし、無事にお開きとなるのだった。

＊＊＊

進級したクラスでオリエンテーションが終わったあと、さっそく件の作戦が決行された。

陽平が図書室に彼女を呼び出し、彩羽と颯人はその様子をこっそり離れたところから見守っていた。

図書室は常時開放されているが、今日は午前中に終了するということもあって、あまり人の姿がない。告白するには絶好のチャンスだった。

彩羽は隠れて待機している間、自分のことのようにドキドキしていた。

「さっき聞いたんだけど、田中くん、彼女と同じC組になるとか、幸先がいいよね」

興奮気味に言う彩羽に対し、颯人は意外にも冷静だった。

「そうけ？　うまくいくといいんやけど……もし振られたら気まずいし、したら最悪の流れやなって」

渋い顔をして彼はそう言う。彩羽は想像するのを途中でやめた。

「そ、そういうこと言わないで。うまくいくように応援しようよ」

彩羽は向こうで緊張しているだろう陽平を慮《おもんぱか》って、小声でフォローする。

ちなみに、彩羽は二年A組で颯人と一緒のクラスになった。亜希子とは残念ながら離れてしまった。彼女は隣のB組だ。寂しいが、クラス発表のときに友情は変わらないと誓い合った。

図書室でスタンバイをして十五分くらい経過しただろうか。しばらく颯人とふたりで書架をうろついていた彩羽だが、その時、戸が開いた音がして、反射的に背筋を伸ばした。

「ひょっとして彼女来た?」

思いがけず、声が響いてしまい、彩羽は慌てて口元を手で覆った。

「彩羽ちゃん、そこいると目立つ。こっち」

と、颯人に腕を掴まれ、

「わわわっ」

慌てて書架の陰に隠れた。ちょうどこの場所は向こう側からは死角になっているらしく、こちらの姿には気づいていない。

高校二年にもなれば、告白の現場を見かけたことくらいはあるが、それとはまた意味が違う。こんなに近いところで見守るのは初めてだし、当事者を応援する立場にあるのだ。

彩羽はそわそわと落ち着かない気持ちをぐっと堪《こら》えた。鼓動が速まっているせいで首のあたりにまで脈動を感じる。あまつさえ胃のあたりがきりきりと痛くなってきた。

息を押し殺し、じっと動かないようにして耳をそばだててみる。

（何を話してるのか聞こえない……！）

どうにか声を拾おうと、颯人が前のめりになっている。彩羽も同じようにいつの間にか書架からはみだしていた。

不意に互いの身体《からだ》が触れてしまい、颯人と顔を見合わせ、彩羽は唇に人差し指を当ててみせた。颯人も同じように真似する。

それからも彩羽はひたすら息を潜め、書架の間から引き続き見守り続ける。

（あっ……）

声を出しそうになるのを彩羽は必死に堪えた。

陽平が件の手作りの栞を差し出し、頭を下げている。そして、彼女が栞を受け取り、陽平が照れたように頭をかいた。彼女は戸惑った様子でじっとその場に佇《たたず》んでいる様子だ。

（お願い。うまくいって……伝わって）

まるで合格発表前のような気持ちで、彩羽はただ固唾《かたず》を呑《の》んで見守る。

すると、彼女が何か頷いている様子だ。

陽平の顔がみるみるうちに赤くなっていく。そして、小さく拳《こぶし》を握ったのが見えた。

颯人が振り返って『今の見た？』と声を出さずに唇を動かす。彩羽もまた首を縦に振るだけに留《とど》め、声を出しそうになるのを必死に抑えた。

しかしそれ以上黙っているのも限界だった。

「ねえ、うまくいったかな？」

彩羽は小声で颯人に問いかけた。

「どうなんやろ。彼女の反応がぜんぜんわからん」

颯人もまた小声で答える。

そうしている間にも、彼女はそそくさと図書室を立ち去ってしまう。そして扉が閉まる音を聞いた彩羽は颯人と一緒に見計らったように陽平のそばに駆け寄った。

「陽平、どうやったん？　彼女は？」

「あー……まぁ、うん」

照れくさそうな顔をして、陽平は小鼻をひくつかせた。そしてピースサインをする。

「わっやった！　田中くん、おめでとう」

彩羽は思わずその場でうさぎのように跳ねた。一方、颯人は脱力したようにため息をついた。

「はぁあ。安心したわ。もったいぶらんで、ちゃんと言えよな」

と、陽平に肘打ちをする。

身体を揺さぶられるのも気にならないといったふうに、陽平はいっそう甘くとろけた顔をしていた。

「ごめんって。自分が一番テンパっててわけわかんないんだよ。でも、本当に、ふたりのおかげだ。感謝してる」

「作戦成功やな」

彩羽と颯人そして陽平の三人はハイタッチをする。

「さっそくでごめん。実は、これからデートすることになったんだ。ふたりへのお礼は改めてさせて。あっそれと、工房のお兄さんにもよろしく言っておいて。今度また顔を出すよ」

陽平はそう言い、顔の前で両手を合わせた。

「わかった。きっと喜ぶと思うよ」

「健闘を祈るわ」

陽平を見送り、彩羽と颯人はひらひらと手を振る。

そのとき、勢いよく駆けていった陽平のズボンのポケットから何かが落ちた。

「あ、田中くん、何か落としたよ！」

見れば、それは彼の生徒手帳だった。陽平は彩羽の声が聞こえなかったようだ。あっという間に彼の背中が遠ざかっていく。

彩羽は慌てて拾い上げ陽平を追いかけようとするが、彼はもうとっくに彼女に追いつき、ふたり仲睦《むつ》まじく並んで笑顔を交わし合っている。とてもではないが邪魔できない雰囲気だった。

「あとで届ければいいかな？」

「その方がいいやろな。恋路を邪魔するものはなんとかっていうけ」

颯人が肩をすくめる。

「……あっこれって？」

彩羽は生徒手帳からはみ出ていたものを発見し、目を丸くした。落とした拍子に中から出てきたらしい。そこには、菫色のうさぎの絵柄の栞が挟まっていたのだ。

ハッとして、彩羽は颯人と顔を見合わせる。

感じたことは同じだったようで、

「こんなとこにあった！」

と絶妙にハモった。

ふたりはたちまちおかしくなって笑い転げた。

「なんなん、あいつ。はぁ……しょまなやっちゃな」

颯人が呆れたように腹を抱えた。

彩羽は笑いすぎて目に浮かんだ涙を指で拭《ぬぐ》う。

他人事《ひとごと》ではない。耳に痛い話だ。しょまな子やね……と彩羽もよく祖母に言われることがある。不甲斐《ふがい》ないとかドジだといった意味を示す方言だ。

「私もけっこうドジするけど、田中くんの場合は、功を奏したパターンじゃない？　努力は絶対に無駄じゃないと思うよ」

「彩羽ちゃんはやさしいなぁ。あいつはそれでいいんやろうけど、俺らが無駄に振り回された感じやん。あのデレデレ顔にがんこ腹が立ってきたわ」

と、颯人が肩を鳴らす。

「まぁまぁ。楽しかったし、いいじゃない?」

悔しそうな颯人をなだめつつ、彩羽は無意識に生徒手帳に挟まれていた栞から色を読み取った。

【色を読み取る】というのは、モノがまとっているオーラのようなものを『視《み》る』ということだ。

実は、彩羽は幼い頃から、モノに触れるとそこに残存する人の感情が、『色』として視える力があった。能力といったらいいか体質といったらいいか正しい表現はよくわからない。調べたら、そういうのを『共感覚』というのだという。

親には異変を伝えたことがあったが、単なる神経質な思い込みのように捉《とら》えられてしまい、それから誰《だれ》かに打ち明けることはなかった。特に大きな病気をしたことがないし、身体的に悪影響を及ぼすこともない。

ただ、人とは違う自分の感覚に戸惑い、いったいなぜそんな力があるのか、自分の存在理由について考え込むことはあった。高校生になった今でもときどき彩羽を悩ませる種でもあるのだが、今日読み取った栞からは良い色が視えた。

その栞に触れると、やさしいパステルカラーが漂い、その色から、どれだけ大事に彼女を想っているのかが切々と伝わってきたからだ。

長い間ずっと片想いしていたのかもしれない。残存されていたものは陽平のだけではなかった。微《かす》かに彼女の色も視える。彼女から陽平へ贈りものをしたときに触れた余韻が残っているのだろう。ふたりは想い合っている。それがわかって、彩羽はどうしようもなく嬉《うれ》しくなった。

世の中にはどれほどの人が生きていて、その中で両想いになれる人はどのくらいいるのだろう。これを運命や奇跡と表現せずに何と言えるだろう。

「クラスも同じになって、今頃頭ン中バラ色なんやろうけど、県外に転校だなんてついてないやつやな。結局、遠距離やろ」

颯人がつぶやいた無慈悲な現実への嘆きは、友を想うあたたかさに満ちていた。

まだ十代の自分たちには将来がどうなるかなんて目に見えてわかるはずがない。けれど、今たしかにここには大事な想いが在《あ》るのだ。

「大丈夫だよ。想い合っているんだもの。その絆《きずな》を大事にしていたら、きっと、うまくいくよ」

彩羽は激励の意味を込めて言った。

先のことは不確かで絶対ではない。けれど、自分が言葉にすることでせめて肯定してあげたかったのだ。

すると、寂しそうにしていた颯人にも微かに笑顔が戻っていた。

「なぁ、彩羽ちゃん、好きな人おるけぇ？」

颯人が顔を覗《のぞ》き込むようにして尋ねてきた。

「え？」

唐突な話題に、彩羽は心の準備ができていなかった。きょとんとして目を瞬かせる。

好きな人――。

綿飴《わたあめ》のように突然ふわっと浮かんできた創生の端整な表情を、慌てて打ち消す。頬にじんわりとした熱が込み上げてきた。

彼のことを堂々と好きな人だと宣言するのは、なんだか烏滸《おこ》がましいような気がしてしまう。

いないとごまかすのも自分に嘘《うそ》をつくみたいで、ただもごもごと口を動かすだけだった。

痺《しび》れを切らしたのか、颯人がさらに追求してくる。

「質問変えるわ。付き合っている人おるけ？」

「う、ううん。いないけど」

「それなら――」

颯人が何かを言いかけたとき、ふたりの間に女の子の声が割って入った。

「ふたりしてどうしたん？　何の話？」

亜希子だった。

颯人はため息をつき、髪をくしゃりとかき上げた。

今、何を話していただろうか。彩羽は陽平と彼女のことをまた思い浮かべながら、口を開いた。

「大切なもの、なくさないようにしないとねっていう話かな」

「大切なものって？　何、なんの話よ？」

亜希子はまったく意味がわからないといったふうに、彩羽と颯人を交互に見る。

すると、なぜか颯人は得意げな顔をして、彩羽の肩を抱き寄せてきた。

「おまえには教えん。ふたりっきりの秘密やさけ」

と、思わせぶりな表情を浮かべる。完全に亜希子を挑発している。彼女の表情が瞬く間に固まった。

「ちがっ……」

彩羽は無意識に口をぱくぱくと金魚のように動かしていた。

へんな誤解をされたら困るし、彼女を傷つけてしまいたくない。

急募・上手な回避方法……と彩羽は心の中で叫んだ。

「え？　ふたりきり？　どういうことなん？」

亜希子が顔を引きつらせたのを、彩羽は見逃《みのが》さなかった。

「な、何も、そういう変な意味じゃないよ。えっと、詳しくは帰りながら説明するからね、あこちゃん。神楽くんも、誤解させるようなこと言わないで」

彩羽が軽く睨《にら》んでも、颯人はどこ吹く風といったふうに絡んでくる。

「誤解されてもいいんやけどなぁ。むしろもっと意識してほしいんやけど。せっかく同じクラスになったんやし」

そう言いながら彩羽の肩に腕を伸ばそうとしてくる。それを亜希子が阻止し、彼の手を軽く叩《たた》いた。

「あんた何言うてんの。うちの大事な親友に手を出したら許さないんやからね」

「なんの権利があっておまえが出てくるがん？　フリーな女を口説いても問題ないやろ」

「あのんね、彩羽にはちゃんと大事な人がいるんやからね」

「へえ、誰がん？」

「嘘やと思ってんの？　いい？　それはな——」

「ちょっと待って。あこちゃん、勝手に広めないで。喧嘩《けんか》もしないで」

慌ててふたりの仲裁に入りつつ、彼らの様子を眺めながら、彩羽は創生のことを思い浮かべていた。

好きな人に想いを伝えるのは、とても勇気のいることだ。自分も、いつかは好きな人に告白できるだろうか。

＊＊＊

翌日の午後、彩羽はいそいそとマリアージュに足を運んだ。

バイトは休みの日だが、工房の方に顔を出したかった。協力してくれた創生に一刻も早くお礼を言いたいと思ったのだ。

彼が休憩に入ったのを見計らい、さっそく一連の流れを報告すると、創生は喜んでくれた。

「そうけ？　うまくいったんなら良かった」

「創生さんのおかげだよ。田中くん感謝してた。ありがとう」

「俺はなーも。元々好き同士やったんやろ」

と、大人の発言をするのはいつもの創生だった。

「でも、そのきっかけが大事だったんだと思うから」

「そんなら、彩羽がいちばん大活躍やったな」

創生が微笑むのを見て、胸がじんわりと熱くなった。

「私は別に声をかけられただけだから」

「友だちのために動こうとするのが大事なんやろ」

褒められて、こそばゆい気持ちになる。そういう創生もまんざらではない様子だった。

「それを抜きにしても、栞づくりも楽しかったよ。お揃いっていいよね。栞っていうところがまたいいんだよね」

彩羽は感嘆のため息をこぼす。

陽平と彼女の様子を思い浮かべながら、にんまりと頬を緩ませていると、創生が彩羽の目の前に何かを差し出した。

「これ、やる。渡しそびれてしもうて。なんか今頃って感じやけど」

それは、栞だった。

桜をイメージした薄紅色の模様が、とても綺麗だ。淡い光に満ち溢《あふ》れるような色合いとやさしいデザインに、彼らしさを感じた。

彩羽は弾かれたように顔を上げた。創生がやさしく微笑んでいて、胸のどこかがびっくりしたように跳ねた。

「すてき……こんな素敵なもの、私がもらっていいの？」

彩羽はおそるおそる受け取る。失敗作の欠片《かけら》ではない、きちんとした彼の作品をもらうのは初めてだった。奇跡のことのように、ありえない気持ちでしばし眺める。

「がんばってたがん。そのご褒美ってことにしとって」

創生は照れくさそうに首を傾けた。

「がんばってたのは、創生さんの方じゃない？」

おろおろと遠慮していると、創生は急に真顔になり、栞を引っ込めようとした。

「いらないなら――」

「わぁあ、いります！」

彩羽は思わず飛びつく。よくよく考えたら、創生がせっかくくれたのに拒んだ方が失礼なのだった。

焦る彩羽を尻目《しりめ》に、とろんと、とろけたプディングみたいに表情を崩した創生を見れば、彼がわざと煽《あお》ったのだとわかる。彩羽はたちまち恥ずかしくなった。

「そんなら、はいどうぞ」

改めて差し出された栞を、彩羽は丁寧に受け取った。

「あ、ありがとうございます」

「いかなてて。最初から遠慮なんてしなければよろしい」

『どういたしまして』と創生はいたずらっぽく微笑み、まるで子どもをあやすように言った。

「で、でも、私の方が、お礼をしなくちゃいけないのに」

それだけは腑《ふ》に落ちない。やはり彩羽としては気が済まない。

「気にしなくていいって言ってるやろ。受け取ってくれたら、俺の方が嬉しいんやから」

「……うん」

創生が嬉しいと思ってくれるなら、ますます彩羽も嬉しくなる。彼の想いに応《こた》えられるだけの御礼の仕方がわからない。彩羽は無意識に自分の胸に栞を引き寄せた。

唯一できることがあるとするのなら、それは……。

「とっても大事にする。ずっと大切にします」

言葉だけでは伝えきれないもどかしさを感じながらも、彩羽は心を込めてそう告げた。

「うん」

創生は満足げに頷く。彼にはかなわないな、と彩羽は込み上げてくるものを感じた。

そんなやりとりをしていたところ、どこからともなく千恵子の声が聞こえてきた。

「創生くん、ちょっこしいい？　おつかい頼まれてくれんけ？」

「いいですよ。どこに行けばいいんですか」

創生が声を張り上げると、千恵子が作業場にひょっこり顔を出した。

「あら、ふたり一緒にいたんやね」と言い添えてから、話を続けた。

「いつもの工芸館やよ。新しく飾る作品を運ばないといけないんやわ。あの通り、もう桜が満開になりそうやったし、散歩にはちょうどよさそうやね。彩羽も一緒に行ってきたらどうけ？　本当にたっだ素敵な風景やったよ」

と、千恵子が朗らかに微笑んだ。

「あー……そんなら、彩羽、さっきのお礼っていうの、今いい？」

創生が言って、彩羽の方を見やる。

「え？」

彼の示すことがすぐには理解できず、彩羽は目を瞬かせた。

「あ、何か欲しいもの、思いついたの？」

途中で買い物をしたいのかと思いきや、

「ちごーよ。花見ついでに散歩に付きおうてってこと」

いたずらっぽい笑顔を向けられ、胸の中心が瞬く間に熱くなる。

ああ、そういうことか、とようやく彼が言いたいことを理解した。彩羽は首振り人形のようにこくこくと頷く。

「私でよければ」

「ふふふ。若いっていいわね。楽しそうで。じゃあ荷物は置いておくから。よろしくね」

千恵子の方こそ楽しげに言って、その場を去っていく。

「じゃあ、俺も準備するから、待っといて」

「は、はい」

彩羽は栞を改めて手元で眺めた。

栞をもらえただけでも嬉しいのに、一緒に散歩できるなんて、今日はなんていい日なのだろう。

思わず、ひゃあと声を出したくなった。

舞い上がってしまってから、彩羽はハッとした。

（それじゃあ、ぜんぜんお礼になってないよ、創生さん……！）

それから創生が着替えるのを待って、ふたりは工房を出た。

ひがし茶屋街の裏手に回り、浅野川との間の川沿いを歩いていく。江戸時代の名残《なごり》を思わせる街並みはいつ通っても美しい。

そこには桜の木が道に沿って植樹されており、まばゆい光の中、薄紅色が淡く輝き、幻想的な世界が広がっていた。

時々、はらはらと花びらが舞い降りてきて、頬をくすぐった。彩羽の脳裏にあるデザインが思い浮かんだ。

「ひょっとして、創生さんがイメージしたのはここの桜とか？」

そう、創生が描いてくれた栞の絵の雰囲気と似ていたのだ。

「気づいたけ？」

「川の向こう側は全然咲いてないのに、こっち側は満開になってるんだね」

「去年もこんな感じやった気がする。陽《ひ》当たりの関係やね。この匂《にお》いを嗅《か》ぐと、春が来たんやなって実感する」

「わかるよ。私もこの匂いが好き。甘酸っぱい桜餅《さくらもち》みたいな匂い」

彩羽が微笑みかけると、創生も嬉しそうに口端を引き上げた。

「食べ物に例えるのは彩羽らしいな」

「食いしんぼうというわけじゃないよ？」

「わかっとるよ」

拗《す》ねてみせたあと、彩羽はポケットに入っていた生徒手帳に手を伸ばした。

さっき創生からもらった栞は、陽平を見習って、生徒手帳の間に挟んであったのだ。実はそこに自分が作ったものも一緒に入っている。願《がん》かけのようなものだった。

「あのね、ちょっと考えていたんだけど、もしよかったら、私が作った栞と、創生さんが作ってくれた栞を交換するっていうのはどうかな？」

「ああ、もしかして御礼のことけ？　気にしないでもええのに」

創生が小さく笑みを作る。彼の澄んだ瞳に見つめられ、彩羽はすぐにも浅ましい自分の下心を恥じた。

「それも、もちろんあるけど、交換できたら……その」

はっきりと言おうとすると顔に熱がパッと走った。

まったくのお揃いというわけではないけれど、一応は一緒の空間で作った栞だから、交換したら彼と見えない部分で繋《つな》がっていられる気がしたのだ。

しかしよくよく考えたら、面と向かって言うにはあまりにも恥ずかしい気がして、彩羽は言葉に詰まってしまった。

（もしかして私、すごい図々しい？　彼女でもないのに……！）

まごついている間に風が強く吹き抜け、目に砂が飛び込んできた。痛みを感じてとっさにまぶたを閉じた瞬間、手から栞がさらわれていく感触を味わい、ハッとしてすぐにまぶたを開いた。

手元を見て、彩羽の顔から血の気が引いた。

「ないっ」

慌ててあたりを見渡した。栞は地面に落ちていた。よりにもよって創生がくれた栞が風にさらわれてしまったのだ。

「創生さん、待って！　私、拾ってくる」

風は待っていてくれない。さらに遠くへと転がるように飛ばされていく。このままでは橋の下の川に落ちてしまう。その前にどうしても拾わなくてはなるまい。彩羽は必死に走った。

後ろから彩羽を呼ぶ創生の声がした。しかし彩羽は栞から目が離せなかった。ふわっと風に舞い上がった栞が今まさに橋の外へと出ようとしていたのだ。

「待って。だめっ」

彩羽はとっさに橋の手すりに掴まり、慌てて手を伸ばした。指をすり抜ける寸前だった。身を乗り出して手を伸ばしたら、なんとか掴むことができた。

「よかっ――」

ホッとして力を抜いた瞬間、強風が後ろからびゅうっと背を押すように吹き付け、彩羽の身体は前のめりになり、下方へ引きずり込まれそうになった。今にも水面が目の前に迫ってきたような錯覚に陥る。

落ちる――そう覚悟をした瞬間。

「彩羽！」

強い力で身体を引き戻され、彩羽はハッとする。

創生が抱き寄せてくれていたのだった。

「あほ。急に走って、川に飛び込む気やったんか」

いきなり怖い顔で怒鳴りつけられ、彩羽はびくりと肩を揺らす。そんなふうに語気を荒らげる彼は初めてだった。改めて川の速い流れを見て、彩羽はぞっとする。

「見ましゃ。いくら穏やかな浅野川やからって、甘く見とったら、たいばらや」

「だって、これは……創生さんが作ってくれた、大事なものだから。でも、ごめんなさい」

彩羽は身を縮ませ、創生に謝った。彼もまた我に返ったらしい。身体を引き離して、声のトーンを下げた。

「怒鳴ってすまんかった。けど、そんなんいつでも作れるやさけ。彩羽は違うやろ？　代わりは他にいないんやから、もっと大事にしないとだめやろ？」

創生は彩羽を責めたわけじゃなく、本当に心配して叱ってくれたのだ。

彩羽は自分の浅ましさを恥じるとともに、胸に熱いものが込み上げてくるのを感じていた。

自分のことのように本気で、大事にしてくれ、必要としてくれ、真剣に心配してくれた彼の気持ちが、どうしようもなく嬉しかったのだ。

「ホッとした。彩羽が落ちたらどうしようかと思った……」

創生が脱力したように言った。そんな彼を見たら、涙がじわりと浮かんだ。

「ちょ、待ってたいま。泣かせるつもりはなかったんやけど。言い方きつかったかもしれん。すまんかった」

揺らいだ視界の向こうで、創生が慌てふためいている。いつもの彼らしくもない。それほど動揺しているのだろう。

「そうじゃないの。なんて言ったらいいか、必要とされることが……必要としてくれることが、その、嬉しかったから……」

涙で言葉が詰まるのをもどかしく思いながら、彩羽は感じたままの本心を切々と告げる。

「何をのんきに……こっちは心臓が止まるかと思ったんやぞ」

創生が呆れたような顔をしたあと、小さくため息をつく。

「ごめんなさい。でも、私にとっては大きな意味があることだから……」

彩羽は言った。大袈裟《おおげさ》でもなんでもなかった。情緒不安定というわけでもない。

他の人と違う感覚を持ち、不仲のまま離婚した両親と離れればなれになった自分に、どこか孤独を感じることがあり、生まれてきたことの意味を問うことがある。そんな彩羽にとって、大切な人にひとりの人として扱ってもらえることは、奇跡のように尊いことなのだ。

「とにかく無事でよかったが、二度とごめんやよ」

「……はい。気をつけます」

「わかればよろし」

そう言い、創生は彩羽の髪をくしゃりと撫でた。

彩羽の涙を見たからか、創生はそれ以上言及してこなかった。

創生さんはずるい、と彩羽は思った。

彼のやさしさを自分の都合のいい解釈をして、勘違いしてしまいそうになる。彼はただ人として心配してくれただけだ。何も彩羽が特別な女の子だからではない。それでも、彩羽は創生の一挙一動《いっきょいちどう》に自分の存在が関与していると思うと、嬉しいと感じるのだ。

その一方、創生にどう思われているか不安になって嫌われはしないかと、彼の感情を知りたいという衝動に駆られる。

しかし以前にも彼が触れたものの色を視ようとしたことがあったが、なぜかいつものように色が視えたり、残存した感情を読み取ったりすることはできなかった。

なぜ創生の色だけ視えないのかはわからない。ひょっとして、視えたらショックを受けてしまうから視えないように自分でフィルターをかけてしまっているのだろうか。

あるいは、勝手に好きな人の心を覗き見するようなことへの罪悪感でシャッターが下ろされているのだろうか。

神秘的な言い方をすれば、神様がズルを許してくれていないのかもしれない。彩羽はそんなふうにも考えた。

（そうだよ。ズルはいけないよね……）

陽平が勇気を出して彼女に告白したことを思い返し、彩羽は自分を戒めた。

誰もが好きな人の気持ちを知りたいと願う。自分の気持ちが届いてほしいと願う。それは、きちんと相手へ想いを伝えられた人だけの特権なのだ。


その後——。

やや気まずさを残したまま、ふたりは歩き続けた。

工芸館に到着し、荷物を下ろすと、

「ごくろうさま」

と女の人の声が届いた。

きっと、到着するのを今か今かと待っていてくれたのだろう。彩羽たちの元に駆け寄ってきてくれる。

すると女の人が彩羽の赤く腫《は》れた目に気づいたのか、創生の方に視線をやった。

「あらあら。喧嘩でもしたの？　女の子を泣かしたらだめやよ」

厳しい視線を向けられた創生が一瞬怯《ひる》んだ。これ以上気まずくなったら大変だと、彩羽が訂正しようとしたのだが。

「あ、えっと、これは……そういうんやないんやけど」

創生がここまで動揺しているのは珍しいことだった。まだ彼は引きずっているらしい。

さっきのことをまた思い出し、彩羽はなんだかだんだんおかしくて笑いたくなってきた。

ふっと吹き出すと、創生はきまり悪そうな顔をした。

「そんな笑うなや」

「ごめんなさい」

そう言いながらも、彩羽は泣き笑いみたいに表情を崩してしまう。気恥ずかしそうに首の後ろをかく彼の姿に、なんとも言えない愛《いと》おしさを感じてしまう。

いつか、創生に告白する日は来るのだろうか。

自分でどうしたいのかわからない。そうしてみたいし、怖い気もする。

今はただ、彼を大事にしたい。この甘酸っぱいような淡い桜色の想いをじっくり温めてみたい。

彩羽は頬を染めた創生を見て、そんなふうに思った。

不意に、彩羽の脳裏にはある光景が蘇《よみがえ》ってきた。なくしたはずだったのに、陽平の生徒手帳からひょっこり顔を出した栞。そして図書室での陽平と彼女の様子。それは、大事なものはすぐそばにあるという暗示だったのではないだろうか。

(私にとって一番大事にしたい人は、いつもそばにいる。この人だ……)

そう感じるだけで、明日もがんばろうという力が湧《わ》いた。

恋の「いろは」はわからない。けれど、恋は素敵なものだ。その素敵なものを、彩羽は心の中で大事に、大切に、包み込んだ。

第二章　彩られた千羽の願い

夏は和紙の『飾りもの』がよく売れる。

たとえば、風車、風鈴、行燈《あんどん》、提灯《ちょうちん》などの需要が伸び、夏休みの催しものも増えるため、工房はてんてこまいになる。

夏休みに入ってすぐ、彩羽《いろは》は夏期講習とバイトの日々に明け暮れていた。

そんなある日、久しぶりに亜希子《あきこ》のお店に遊びに行った彩羽は、大好物の抹茶白玉のかき氷にありついた。

チリンと涼やかな音色が鳴る。汗ばんで火照《ほて》った肌が店内のほどよい空調になだめられていく。口いっぱいに頬張《ほおば》った氷が気持ちいい。細胞の隅々まで潤うようだった。

「んーおいしい！　生き返る！」

しばらく夢中でスプーンを口に運んだあと、ふたりで近況を話しながら、茶屋街《ちゃやがい》を行き交う旅行客や地元のカップルの往来を眺めた。

暑さなど関係ないと言いたげに絡められた腕、しっかりと繋《つな》がれた手。密着して歩く恋人たちの往来を見るたびに、亜希子がぼやく。

「いいなぁ。羨《うらや》ましいなぁ。うちも夏祭りいっしょに行く彼氏欲しいわぁ」

彼女も夏期講習と店の手伝いで忙しく、出かけられていないようだ。だいぶフラストレーションが溜《た》まっているように見える。冴《さ》えない顔で幾度となくため息をついた。

「どこか遊びに行きたいね」

「ねー」

頬杖《ほおづえ》をつきながら、ふたりして言い合う。だが、外のうだるような暑さを思い出すと、具体的な予定を立てる気力が湧《わ》かなかった。

するとハッとしたように亜希子が彩羽の方を振り向いた。

「あ、そういえば、来月の頭……八月七日は彩羽ちゃんの誕生日やんか。お祝いしようよ。ね、プレゼント何が欲しい？」

「欲しいもの……うーん、なんだろう？　とくにこれといって思い浮かばないな」

手元に置いていた扇子を開きながら、彩羽は言った。

「えー欲がないよねぇ、彩羽ちゃんは。うちなら即答やのに」

「あこちゃんが一緒にお祝いしてくれるなら、それだけでいいんだよ」

「そんなら、夏祭りに行こうよ。熱いだけじゃなくて、夏らしいことしたい」

「夏祭り！　いいね」

「ね、創生《そうせい》さんも誘って行こうよ」

彩羽は忙しそうにしていた工房の様子を思い浮かべる。

「あー……創生さんなら、この時期は工房が忙しいから無理かもよ。猫の手も借りたいくらいだっておじさんが言ってたもん。あこちゃんこそ神楽《かぐら》くん誘ってみたら？」

「えーあいつを誘うと色々ややこしいことになりそうやし……」

そう言いながらも亜希子はまんざらでもなさそうだった。声と表情のちぐはぐさに、彩羽は笑う。

「本当は行きたいんでしょう？」

「だって、この間もうちに浴衣《ゆかた》を売りつけようとしてきたんやよ？　信じられる？」

「お買い得のうちに、あこちゃんに似合う浴衣をおすすめしたんじゃないの？」

亜希子は即座に頭《かぶり》を振った。

「彩羽ちゃんが想像してるのと違うの。おまえこれ買《こ》うてくれへん？　ってそれだけよ。品がないやんか。曲がりなりにも、加賀友禅《かがゆうぜん》の呉服屋の跡取り息子なのに」

そう言いつつも、やはり彼女の表情は楽しそう。

これが俗にいう『貶《けな》し愛』なのかもしれない、と彩羽は思った。

亜希子は颯人《はやと》が好きだけれど、彼のことを褒めたことはあまりない。というか一度もないかもしれない。それが彼女なりの愛情表現だということを彩羽はわかっているが、果たして颯人が感じているかどうかはわからない。

それからも彩羽は彼女の話に耳を傾けながら、不意に先日祖母から言われたことを思い出していた。

再婚して新しい夫と仙台《せんだい》で暮らしている母が入院することになったらしい。卵巣にできた良性の腫瘍《しゅよう》を摘出する手術だそうだ。大したことはないというのだが、夏休み中にせめて顔を出したらどうかと提案されていた。

『ちょうど七夕《たなばた》祭りもあるし、うちから吹き流しも納品してるから、ついでに見てきて、ゆっくり楽しんでいらっしゃいな……』

と言われたけれど、彩羽は浮かない顔だった。

返事は保留のままだ。もし行くのなら新幹線やホテルの予約も必要になる。千恵子《ちえこ》には早めに返事をしなくてはならないだろう。

母に会うのは何年ぶりになるだろうか。高校に入学するとき、手続きの関係などで手紙をやりとりしたくらいだ。親子関係はあってないようなものだった。

(だってもう、お母さんは別の家庭を持っているわけだし……)

向こうの再婚相手や子どもと鉢合わせることになるのも気が引けた。

もちろん母の容態は心配だ。だが、それを上回るほど億劫《おっくう》になる要因がいくつもあるのが厄介だった。

「どうしたの?」

亜希子に顔を覗《のぞ》き込まれ、彩羽はハッとする。かき氷の残りの山がいつの間にか溶け切って海のようになっていた。

「ちょっとぼーっとしちゃった。さっそく夏バテかな」

彩羽は大事な友人を心配させないように、笑ってごまかしつつ、扇子であおいだ。

「もーちゃんと聞いとってよ。彩羽ちゃんしかわかってくれる人おらんのやからね」

「ごめんごめん。さくらんぼのおまけで許して」

彩羽は最後に食べようと思っていたさくらんぼを亜希子のお皿に載せてあげた。

「ずるいわぁ」

そう言いながらも、亜希子は素直にさくらんぼの茎をつまんだ。

それからしばらく涼んだあと、亜希子の休憩時間が終わる頃《ころ》に彩羽は自宅に戻っていった。

千羽鶴が軒下に飾られている。夏になると風鈴の代わりにゆらゆらと縁側に揺れている。一色《いっしき》家では毎年恒例の風物詩だ。

けれど、よく見たら千羽鶴は去年の絵柄と同じものだった。まだ新しいものが飾られていないようだ。忙しくて忘れているのかもしれない。

断ろうか、と彩羽は思った。母の様子は千恵子に聞けばわかる話だし、親子の関係を先に遠ざけたのは母の方なのに、どうしてこちらが歩み寄らなければならないのだろうという思いも少なからずある。

そんな薄情な考えをする自分に嫌気がさした。

今、自分の持ちものに触れたら、とんでもなく暗いオーラが漂っていることだろう。あいにく自分の感情の色は視《み》えないのだが。

店の方は休みで、千恵子は出かけている。帰ってきたら話をしなければならない。断ったら、千恵子のことを悲しませてしまうかもしれない。そう思ったら気が引けた。

悶々《もんもん》と考え込んだ末、彩羽の口から大きなため息がこぼれる。

せっかく亜希子と楽しい時間を過ごしたのに、また憂鬱《ゆううつ》になってきてしまった。

不意に、人恋しくなり、創生のことが思い浮かんだ。

彼に会いたい。彼の顔を見ると、ほっとするのだ。

工房はとても忙しいだろうから邪魔はできないが、何か手伝えることがあるかもしれない。

そう思った彩羽は汗ばんだ服を着替え、さっそく工房へ足を向けるのだった。

工房に顔を出すと、創生の姿がなかった。落胆して佇《たたず》んでいると、叔父《おじ》の春緒《はるお》が汗を手ぬぐいで拭《ぬぐ》い、こちらを見やった。

「なんやー彩羽。暇人か？」

春緒は開口一番《かいこういちばん》にからかってくる。しかし彼の手元は休むことなく動いていた。猫の手も借りたいくらいだと言っていたのは大袈裟《おおげさ》ではなさそうだ。

「別に、暇人っていうわけじゃないよ。工房の様子を見たかっただけ」

春緒は行燈の骨組みに和紙を丁寧に貼《は》り付けているところだった。完成した行燈がうしろの作業台にずらりと並んでいる。お弟子さんたちが黙々と検品をしていた。

「わ、なんか圧巻……」

「旅館からの受注品やよ」

そういえば大口の依頼を受けたと、創生から聞いていた。このことだったのかもしれない。

時計の文字盤に見立てた花の形からすると、トケイソウの模様だろうか。

「綺麗《きれい》……」

藍《あい》色と紫色の繊細なグラデーションは、手先の器用な職人の筆遣いを感じさせられる。客室に飾ったら、さぞ映《は》えることだろう。灯《あか》りをつけたら影として浮かぶ花々が、幻想的な夜を演出してくれそうだ。

「日頃から見慣れてるやろ。夏休みなんやから、どこか外に遊びに行けばいいのに」

春緒が手をひらひらと振って追い出そうとする。

「せっかくお茶を淹《い》れようと思ったのに、邪険にすることないじゃない」

彩羽は口を尖《とが》らせる。しかし春緒はニヤリと口端を引き上げた。

「口実やろ。まあ、お目当てがここにいるんだからしょうがないわな」

春緒は彩羽の気持ちなどお見通しなのだろう。まばらになった髭面《ひげづら》が妙に小憎たらしく感じて、彩羽は思わず反論する。

「おじさん、あのね、そういうこと言うからいつまでもお嫁さん見つからないんだよ」

「おいや。それは禁句やぞ」

叔父なりのコミュニケーションだということは、彩羽にはわかっている。それに、指摘されていることが正しいのだから仕方ない。

「ほんでんなぁ、創生くんなら、さっき帰ったとこやよ。ばあさんと一緒に出ていったから、今頃工芸館か公民館かどこかで何か手伝いさせられとるんやないかな」

「そっか。おばあちゃんと一緒にいるんだね」

できたら祖母に返事をする前に、創生と話がしたかったのだが、タイミングが悪かったようだ。

「おじさん、何か手伝うことはある？」

「そら助かるが、お目当てが不在なんやったら、足止めするのもかわいそうやしな。お茶出しだけで十分やよ」

やんわりと断られ、彩羽は肩をすくめる。逆に話をして邪魔をしていたら、貴重な時間を奪うことになってしまいかねない。

お茶出しを終えたあと、彩羽はすぐに工房を出た。

むんとした午後の熱気と燦々《さんさん》と降り注ぐ陽《ひ》の光に目眩《めまい》を覚える。少しの間にも温度がまたさらに上がったように感じる。

家に帰って涼んだら、夏休みの課題を進めてしまおうか。

そんなことを考えながら歩いていると、前から見覚えのある人がやってくる。その人の顔を見て、彩羽は弾《はじ》かれたように背筋をピンと伸ばした。

「創生さん！」

そう。創生だったのだ。彼もまた彩羽を見つけてくれた。手を上げて合図をしてくれる。

彩羽は主人を見つけた飼い犬のごとくダッシュで創生のもとに駆け寄った。

「千恵子さんの手伝いで家に行ったんやけど、彩羽いなかったから、もしかしたら工房の方かと思ってな」

どうやらすれ違ってしまっていたらしい。

会えてよかった。それにやっぱり顔が見られてよかった。たちまち胸の中がソーダ水を呷《あお》ったみたいに、甘くぱちぱちと弾けた。

「実は私も創生さんと話がしたくて。というか聞いてほしくて、かな」

「何？　話なら聞くけ。いいよ」

創生は首をかしげた。

「あ、ううん。先にいいよ。私にどんな用事だったの？」

「これ、ひとりじゃ心細いだろうから、一緒に行ってきてほしいって頼まれた」

創生が差し出したそれは、新幹線のチケットだった。

彩羽は驚いて彼を見た。そしてすぐに悟った。千恵子が心配して根回ししてくれたのだろう。

まるでラムネ瓶のビー玉のように澄んだ創生の瞳《ひとみ》に見つめられているのが辛《つら》くなってきてしまい、彩羽は俯《うつむ》いてしまう。彼に心の中の黒い部分を見透かされてしまうことが怖かったのだ。

「あのね、創生さんに話を聞いてもらおうと思ってたのはそれなの。実は、私、断ろうと思ってて……」

「なんで？」

「第一、創生さんに迷惑かけるわけには……工房と課題で忙しいでしょ」

「俺《おれ》なら平気やよ。大学は休みが長いし、課題も急いでやるもんでもないし。こっちの心配はしなくていい」

なんとか断る口実を作ろうとしたが、そう言われてしまえば、本音を明かすしかない。

「私が行く必要って……あるのかな。どうして、こういうときだけ娘の顔をしていなきゃならないのかな。なんのために行くのかわからないし、私、できたら行きたくない……よ」

つい言葉がきつくなってしまったかもしれない。彩羽は罪悪感に駆られ、すぐにも創生に謝ろうとした。

すると、創生がいきなり彩羽の両肩を掴《つか》んだ。彩羽は驚いて、弾かれたように顔を上げた。

「あのな、彩羽」

目線を合わせられ、彩羽は逃げる術《すべ》を失う。

「は、はい」

反射的に出た声がうわずる。彼のまっすぐな瞳に射すくめられ、彩羽は身体《からだ》をこわばらせた。

「本当に行きたくない？　絶対に？」

「そ、それは……」

「別に、意地悪で言うてるわけやない。俺も小さい頃に母親が出ていったっきりやから、彩羽の気持ちは俺にも少しわかるよ」

彩羽はハッとした。そうだ。彩羽だけではない。創生の家庭環境も複雑なのだと、千恵子から少しだけ聞いている。なんて言ったらいいかわからなくなり、彩羽は言葉に詰まった。

「実行するかしないか迷っているときは、大抵やめたときの方が後悔するもんやよ。俺は、彩羽に後悔してほしくない」

創生はどんなふうに自分の人生を受け止めてきたのだろう。きっと辛かったに違いない。彼にとって思い出したくないことではないのだろうか。それにもかかわらず、彩羽の気持ちも考えてくれ、穏やかに諭《さと》してくれる創生は、やはり自分よりも大人《おとな》だと、彩羽は思った。

彼のやさしさに、鼻の奥がツーンとしてくる。まるで線香花火の煙を嗅《か》いだときのような、形容しがたい切なさが胸にゆっくり広がっていった。

泣き出したくなりそうな衝動をなんとか呑《の》み込んで、表情を硬くしたまま彩羽は頷《うなず》く。

「せっかくやし、七夕祭りを楽しむつもりで行けばいい。俺も仙台には行ったことないし、楽しみにしとるんやよ」

ふわりとした綿菓子のような微笑《ほほえ》みに、彩羽の擦り切れていた心が包み込まれていく。

「私も向こうの七夕祭りはよく知らないから、見てみたい」

「そうやろ？」

「付き添い……よろしくお願いします」

「うん。素直でよろし」

創生は言って体勢を戻すと、彩羽の頭にぽんと手を軽く置いた。その瞬間、鉛を呑んだように重かった胃の中が少しだけふわっと軽くなった。

やはり創生と話ができてよかった。きっとひとりでは悩んだまま決断しきれなかっただろう。それに、これで千恵子を悲しませないで済む。

それから家に帰り、彩羽は千恵子に仙台行きのことを話した。それから新幹線のチケットを机の引き出しにしまったあと、カレンダーのアプリに予定を記録した。

「あ、そうだ」

彩羽は思い立ったようにSNSの画面に切り替え、創生と一緒に仙台に出かけることになったと亜希子にメッセージを送った。すると『初デートおめでとう』と秒速で返信があった。

その画面を見て、彩羽もすぐにメッセージを送り返す。

「そういうんじゃないよ」

と、両手を交差させたうさぎのスタンプ付きで。

程なくして電話がかかってきた。もちろん発信者は亜希子だ。

これは長電話になるかもしれないと苦笑しつつ、彩羽は通話をオンにする。

『いったいどういうなりゆき？　日帰り？　お泊まり？』

耳に当てる前から、亜希子の元気な声が聞こえてきた。興味津々《きょうみしんしん》といったふうに落ち着きがない。

「あ、あのね。実は、お母さんが入院してて、そのお見舞いなんだ」

彩羽が説明すると、亜希子はやっと静かになった。

『そっか。それは心配だね……』

「でも、もうずっと離れて暮らしてるし、いまさら顔見せに行ってもなぁと思ってて」

『何言ってるのん。離れててもおかあさんはおかあさんやよ』

「何を話していいかもわからないよ」

『学校のこととか、私のことでもいいよ。創生さんのことだっていいやないの？　なんでもいいんやよ。近況が一番嬉《うれ》しいと思う』

「そうかな？」

『絶対そうやよ』

友人の叱咤《しった》とも激励とも取れるやさしい言葉を聞いて背中を押される一方、喉《のど》の奥に苦いものが溜まっていった。

寂しいという感情をあまり思い出したくはなかった。母の笑顔はもう記憶の中ではおぼろげで、他人よりも遠い存在になりつつある。それでも、母は母と思っていてもいいのだろうか。

『っていうか、お母さんに感謝しないとなぁ。創生さんとデートできるんやもん』

「デートじゃなくて、付添いだよ。おばあちゃんに頼まれたからだし」

『普通は頼まれたって断るし。創生さんも彩羽のこと気にかけてくれてるんやんか』

にやけた顔をしている亜希子が容易に思い浮かんだ。

「あこちゃんはおばあちゃんの権力を知らないんだよ」

拗《す》ねた彩羽の声に反応し、亜希子が笑った。

『権力って。でも、少しは楽しんだってバチは当たらないやろ。せっかくのお祭りなんやし。ね？』

「私を創生さんとくっつけようとしなくても、神楽くんは大丈夫だよ」

『な、なんで突然あいつの話が出てくるの』

亜希子が動揺しはじめた。こうして形勢逆転するのはいつものことだ。そうしてふたりはまたしばらく女子トークを楽しむのだった。

亜希子との賑《にぎ》やかな通話を終えたあと、彩羽はベッドに転がり込んだ。友だちと話をしていくらか気分転換はできたものの、気分はまだ優れない。

目を瞑《つむ》って思い出すのは、母のことだった。それも数年前ではなく、幼い日に見た母の姿だ。

幸せそうだった父と母。けれど、いつの間にかすれ違い、辛い顔をするようになった母。

彩羽は人の感情が色として視える分、なおさら両親の感情が伝わってくるのが辛かった。

母が触れた食器、父が触れた本、それらから負のオーラが漂い、彩羽を視覚的にも深く傷つけた。

離婚が決まり、父とは会わなくなった。

金沢《かなざわ》に引っ越したあと、父の再婚を知った。相手の女性のことは知らない。知りたいとも思わなかった。その後、母も再婚したいと打ち明けてくれた。ずっと相談に乗ってくれていたやさしい男性だという。父と母はそれぞれ別のパートナーを見つけた。彩羽の心はバラバラだった。

ここに残ると言い張った彩羽に、母は悲しそうに微笑んだ。

父と同じように母を悲しませてしまった罪悪感で、胸が締め付けられた。それでも彩羽はここにいたかった。

愛情がなくなって離ればなれになってしまった家族。それは、完成したパズルがボロボロと崩れていったのと同じこと。そしてひとつでもピースを失えば、もう二度ともとには戻らない。たったひとつ取り残されたパズルのピースは彩羽で、父も母も、代わりになる新しいパズルをとっくに見つけたのだ。そこに彩羽の入り込む余地はない。同じ絵は二度とでき上がらない。

彩羽がここに残ったのは、母への反発もあったかもしれない。けれどそれ以上に、変わらないものがあるのだと、自分だけはいつまでも信じていたかったからだった。

ご先祖様が贈ったマリアージュという工房には夢がある。愛されてきた記憶がここに在《あ》る。自分の存在を肯定してもらえる場所に、身を置いていたかったのだ。

彩羽はむしょうに人恋しくなり、ベッドから起き上がると、大切にしまっていた宝物の箱をそっと開いた。

中には、色とりどりのピースがある。創生が失敗作と言ってくれた和紙だった。彩羽がこれを集めているのは、創生がくれるものだからというのはもちろんだが、ひょっとしたら足りないピースを探し続けている深層心理でもあるかもしれなかった。

色とりどりの和紙のピースを見ていると、自分の半身を見つけたような気がして、とても安心するのだ。いろいろな温かい色に包まれる。それが心地よい。

これは、元からあった絵をむりやり剥《は》がしたものではない。不揃《ふぞろ》いで、ひとつとして同じものはない。自分次第で何かの作品として完成させることができるかもしれない。そんな希望が詰まっている。

そうして、自分が存在していい理由を、彩羽は無意識に探し続けているのかもしれない。幾つ集めたら、この不安定な感情は落ち着くだろうか。そんな日は果たして来るのだろうか。

彩羽は宝箱の蓋《ふた》を閉め、ぎゅっと目を瞑った。

＊＊＊

八月五日の昼過ぎに彩羽は約束どおりに創生と一緒に仙台へ向かった。金沢から仙台に行くには、まず北陸《ほくりく》新幹線に乗り、大宮《おおみや》で東北《とうほく》新幹線に乗り換えなくてはならない。大宮まで約二時間半、そこから仙台には一時間くらいで到着する。

夏休みで車内はどこもかしこも混雑していた。指定席のチケットを事前に予約してもらえていてよかったかもしれない。

車内では、彩羽が窓際の席に、創生が通路側の席にそれぞれ座った。切符に表示されていたのは逆だったのだが、彼が気遣ってくれたらしい。彼のさりげないやさしさに、彩羽は感謝した。

切符を見ると、仙台駅の到着時刻は午後四時だった。きっと七夕祭りの真っ只中《ただなか》にある仙台駅もさぞ混雑していることだろう。

仙台の七夕祭りは毎年暦《こよみ》の上での七夕に合わせ、八月六日から八日の三日間行われる。期間中は、仙台市内中心部や周辺の地域商店街などをはじめ、街中が色鮮やかな七夕飾りで埋め尽くされるのだ。

今夜は前夜祭ということで花火が上がるのだとか。車内のパンフレットに昨年の花火大会の写真を掲載した冊子が挟んであった。彩羽はその冊子を一部手に取ってパラパラと捲《めく》ってみる。

「すまん。起きてようと思ったけど限界。少し寝てもいいけ？」

創生があくびをした。徹夜で課題をしていたというし、昼食後の今ちょうど眠くなる時間かもしれない。

「もちろん。行きの方が長くかかるみたいだから、ゆっくり寝てていいよ」

「うん。もし彩羽も眠たくなったら、俺のこと起こしてくれていいからな」

「わかった。多分、大丈夫だと思うけどね」

そう言いつつ、あくびが移りそうになった。

実は彩羽も昨日眠れなかったのだが、緊張しているせいか、あまり眠気を感じなかった。母のお見舞いに行くのは明日の午前中なのだが、今からどんなふうに声をかけたらいいか、ずっと考え込んでいる。

不意に肩に重みを感じて隣を見れば、創生がうつらうつら揺れていた。よほど眠たかったらしく、すうすうと寝息が聞こえてくる。

彩羽は思わず微笑んで、しばらく創生の寝顔を見つめていた。

こんなに近くで顔を見ることなんて今までになかった。長い睫毛《まつげ》、すっと通った鼻、形のいい唇。ほんとうに整った顔をした美男子だ。

ほれぼれしながら見つめているうちに、なんだか急にドキドキしはじめた。考えてみたら、ふたりきりの旅行なのだ。さっきまで母のことで頭がいっぱいだったはずなのに、他《ほか》の感情にスイッチが入ってしまい、落ち着かなくなる。

スマホに通知が入った。確認してみると、亜希子からのメッセージだった。

『せっかくなんだしデートもちゃんと楽しんでくるんやよ?』

ぬかりない親友のバックアップに、彩羽は肩をすくめる。

創生はただ付き添ってくれただけ。工房に寄せてくれた千恵子に恩があるから、頼まれれば引き受けてくれる。彩羽のことも千恵子の孫だからよくしてくれるだけに過ぎない。

それでも、創生の思いやりは本物だ。

(神様。ほんの少しだけ、現実逃避をしていてもいいですか……?)

彩羽はもたれかかってきていた創生に寄り添うように目を瞑った。

こうしていると、不安からくる焦燥感が落ち着いていくのを感じる。創生がそばにいてくれることで、心が安らいでいられるのだろう。

恋は不思議だ。どうしてドキドキと正反対の安らぎを同時に感じ取れるのだろう。

そんなふうに思いながら身を任せているうちに、彩羽にもいつの間にか眠気が訪れ、やがてすうっと意識が遠のいていた。

「彩羽、すぐに起きて」

創生の声を聞いて、ハッとして目を開ける。いつになく焦っている彼の様子が視界に飛び込んできた。

なぜ慌てているのか、寝ぼけた頭ではすぐに思い至らなかったが、人が動きはじめた新幹線の中を見て、ようやく現実に戻ってきた。

「まずい。降りないと。乗り継ぎ」

次々に乗客が降りている。大宮に着いたようだ。

「わっごめんなさい。私、すっかり寝ちゃってた⁉」

彩羽は慌てて荷物を持ち、ふたり揃って乗降口の前に急いだ。たしか乗り継ぎの時刻もそんなに余裕があるわけではないはずだ。

駅のホームを移動するために人の波をかき分けて行こうとするが、混雑を極めていて前に進めない。皆が同じ方向に行くだけでなく、別のホームから到着した人の波が逆走していて、人の列が渦《うず》を巻いているようだった。乗り換えも場所を間違えると、遠回りしてしまう。

「貸して」と創生が言って、彩羽の手を握ってきた。驚いて戸惑う指先を、彼はぎゅっと握ってくる。その力強さに、神経の太いところまで掴まれた感覚に陥った。

はぐれないように手を繋いでくれたらしい。それから創生は彩羽の手を引っ張った。ぐいぐい引っ張ってくれる男らしさにときめきを感じ、鼓動がまたどんどん速まっていく。握られている手が汗ばんでしまいそうだった。

（意識してる場合じゃないのに……）

どうしようもなく恥ずかしくて、顔に熱が集まってくる。今は振り返らないでほしいと切に願った。

その後――。無事に乗り換えをしてから予定どおりに一時間ほどで新幹線は仙台駅のホームに着いた。

乗車している間、地図アプリで宿泊先のホテルの所在地を確認したり七夕の情報を眺めたりして時間を費やし、寝ないようにお互いに気をつけた成果である。

「なんだかあっという間に着いた感じがする」

「半分以上寝とったもんな」

「ハプニングもあったし……」

彩羽が肩をすくめると、創生も「たしかに」と笑った。手を握り合ったことについては触れないでおこうと、彩羽は耳が熱くなるのを感じながら思った。

新幹線のホームから仙台駅前に移動したふたりは、そのまま宿泊先のホテルへと行き、チェックインを済ませた。

夕食付きのプランなどではないので、それぞれの部屋で荷物を片付けたあと、ロビーで待ち合わせをした。それからふたりはホテルのすぐ近くだという夏祭り会場に足を伸ばし、屋台で適当に買い物をすることにしたのだった。

彩羽は賑わっている屋台や人の群れを眺め、きょろきょろと視線を動かす。浴衣を着ている女の子たちや法被《はっぴ》姿の男の人、はちまきを巻いてうちわをあおぐ店の人、はしゃいでいる子どもたち。様々な屋台から漂う煙や匂《にお》い。むんとした夏の熱気が伝わってくる。笑い声そのものが色になったみたいな、活気に満ちた明るい色が視界に広がっていた。

「今年の夏、初めてのお祭り」

彩羽が拙《つたな》い感想をつぶやくと、創生が微《かす》かに笑った。

「その言い方、なんかのキャッチフレーズみたいな響きやな。で、何か食べたいもんある？」

「クレープとかジェラートとか」

「いいな。女の子やな」

「創生さんは何がいい？」

「俺は、焼きそばとかたこ焼きとかでもいいな」

「じゃあ、それぞれひとつずつ買いに行きましょう」

「うん。そうしよか」

ふたり肩を並べて歩くと、手が触れ合いそうになり、胸のどこかが小さく跳ねた。

乗り換えの大宮駅のホームでは、ハプニングとはいえ、創生と手を繋いでいたのだった。それを思い出すと顔の温度がじわじわと上昇していく。

通りすぎていくカップルは真夏の暑さなど関係ないと言わんばかりに腕を絡めたり、互いの指をしっかりと絡め合った恋人繋ぎをしたりしている。

創生と一緒にいる自分は、彼の彼女のように見えているだろうか。手を繋いでいなくても、こうして一緒にいたら、周りの人は恋人同士だと認識するのだろうか。

そわそわした落ち着かない気持ちでいると、ピコンとスマホが鳴った。

『デート順調の証拠を上げよ』

亜希子からのメッセージだった。

「また、そんなこと言って」

彩羽は思わず声に出してしまった。

「ん？　どうした？」

「ううんっ。友だちから」

『風景だけじゃだめやからね♡』

返信をする前に続けてメッセージが送られる。電話でおおまかな予定を話してあったので、きっと到着時刻などを推定して気にかけてくれたのだろう。

デートなんかじゃないという言い訳は、もはや彼女には通用しないらしかった。

「あ、あの、創生さん、一緒に撮影してもらっていいですか」

彩羽はおずおずと創生の様子を窺《うかが》う。

「ん？　急にかしこまってどうしたん」

彼は首をかしげた。

「実は、あこちゃんが……私の友だちが仙台のお祭りの様子見たいって言っていて。それで創生さんと私が一緒に映ったものを、ですね。欲しがっていまして……」

本当の意図を隠しているうしろめたさがあるから、しどろもどろになってしまう。しかし創生は何の疑いもせず、応じてくれた。

「そういうことか。いいよ」

創生が近づいてきて写真を撮るポーズを取ろうとする。あまりに近いので息が止まりそうになった。

うわぁとか、うひゃあとか、変な悲鳴を上げそうになった。実際、心の中ではそう叫んでいる。まずい。このままでは窒息しかねない。完全なるキャパオーバーである。

「ややや、やっぱり、なんか食べ物を買ってからにします！　お祭りっぽく写りたいし、あそこ、やきそば買いましょう」

きょとんとしている創生を前に、彩羽は慌てて身を引き、屋台の方を指差した。

「そんなら、そうしよか」

「はいっ」

創生が納得してくれてよかった。彩羽はホッとする。しかし心臓はまだ大太鼓を力いっぱい連打しているかのように爆音を奏でている。

（うぅ……ひとりで焦って恥ずかしい）

彩羽は心の中でジタバタ身悶《みもだ》える。きっと自分の顔は今、茹《ゆ》で上がったタコよりも真っ赤になっているに違いない。屋台の前に着くまで、なんとか収まってほしいと願いながら扇子で顔をあおいだ。

それからひととおり買い物をして、ふたりは空いているベンチに腰を下ろし、お腹《なか》を満たした。もちろんそのときに撮影した画像は、亜希子に送信済みだ。

「花火まであと一時間ちょいくらいかな」

と、創生が手元の腕時計に視線を落とした。

「まだまだだと思ったけど、もうすぐなんだ」

花火大会ののぼりには、十九時半から開催と記載されている。

「早めに見えるところに移動しようか」

「そうだね」

ふたりは片付けをしてベンチから立ち上がり、人の流れに合わせて花火が見える場所へと移動することにした。

そうこうしている間にもゆっくりとあたりは薄暗くなっていた。さっきまで明るかった公園内も人の顔が見えづらくなっていく。

「そういえば、昔、花火が上がる瞬間に願いごとをよく唱えてたな」

創生は言って、木々の間から空を見上げた。彼の髪がさらりと風に吹かれる。つられたように彩羽も空を見上げた。

「それ流れ星見たら三回願いごとを唱えるっていうジンクスみたい」

彩羽が弾かれたように言うと、

「そのつもりだった」

と、創生が楽しそうに声を弾ませた。

「創生さんの願いごとはどんな？」

彩羽は問いかけつつ、創生の方を振り向いた。

「それは言ったら叶《かな》わないから言わん」

いたずらっぽい表情をする創生に、彩羽はハッとする。

「あ、そっか……」

ということは、まだ叶っていないということだ。

創生の願いごとはどんな内容なのだろう。とても気になる。そして自分の願いごとは何にしようか。

彩羽は考え込んでしまった。その間にも、花火が上がり始めてしまった。

「お母さんの手術うまくいくように願えばいい」

「え、言ったら叶わないいんじゃ」

「あ、すまん。矛盾しとるな。なんか間違えたわ。今のは取り消し。だいじょうぶ。気のせいやから。聞こえてないことにして」

本気で慌てる創生を見て、彩羽は思わず微笑んだ。きっと励ましてくれようとして、ずっと気を遣ってくれているのだろう。

「創生さん、ありがとう」

創生は肩をすくめ、それから空を見上げた。

すこし曇《くも》り空になってきていた。しかし花火は次々に夜空に大輪の花を咲かせていった。

はっきりと見えない花火の光は、本当に流れ星を見つけるみたいだった。

（私が願うことは……）

彩羽は遠き日の母の笑顔を思い浮かべていた。

翌日、母が入院している病院に行き、千恵子から事前に聞いていた病室へと行くと、『笹木香苗《ささきかなえ》』というネームプレートが掲げられてあった。

それを見て、彩羽は母が遠い存在であることを改めて認識していた。

香苗は元夫の遠山《とおやま》と離婚後、高校時代の同級生だった笹木と結婚し、今は新姓になっている。

一方、彩羽は香苗の旧姓である一色のまま、母親と戸籍は別だ。そんな未来を選んだのは、彩羽自身だった。

六人部屋のうち二部屋は空いていて、廊下側にふたりと真ん中にひとり、そして窓際の奥にひとり、入院しているらしい。

母の姿を探すと、窓際のベッドのところに面会している男性がいて、彩羽は彼を見るなりとっさに隠れた。なぜなら、母の再婚相手だったからだ。

「彩羽？」

創生が胡乱《うろん》な目を向けてきた。彩羽は表情をこわばらせたまま、首を横に振った。すると、創生は意味を察したようだった。

想定していたとはいえ、実際に対面するとなると話は別だった。鼓動がたちまち不穏な音を奏ではじめ、彩羽はパニック状態になってしまった。

どうしよう、どうしよう、どうしよう。そんな言葉ばかりが頭の中を旋回《せんかい》している。

香苗の再婚相手がどうとかいまさら何も思うつもりはない。笹木は壊れかけていた母を助けてくれた存在でもあると思う。振り返れば、事実として受け止められる。それでも心というのはそう簡単にはできていないのだ。

こんな不安定な感情のまま会ったら、母を傷つける言葉が出てしまうのではないか、取り繕ったとしても表情に出てしまうのではないか、そんな恐れを抱いた。

「私、やっぱり会うのをやめる」

とうとういたたまれなくなり、彩羽はとっさに踵《きびす》を返した。

すると、創生が腕を掴んできた。

弾かれたように、彩羽は彼の顔を見た。見透かすような彼の瞳《め》に、彩羽は言葉を失った。

「後悔することになっても同じこと言うけ？」

そう問いかける彼の手にぐっと力がこもった。こんなに強い眼差《まなざ》しを向けられたのは初めてだった。いつもやさしく見守ってくれる彼とは思えない、激しい感情をぶつけられ、彩羽はたちまち不安になってしまう。

「後悔って……創生さん、おばあちゃんから聞いて、何か知ってるの？　まさか、お母さんがあまりよくないとか……」

問いかけながら、顔からだんだんと血の気が引いていく。

「いや。違うよ。そっちの不安はないやさけ、落ち着いて。ただ、勇気を出さんとならんときがあるって言いたかったんやよ。春に栞《しおり》を作った友だちのこと思い出してみればいい」

彩羽は言われるがまま、陽平《ようへい》や颯人と一緒に栞を作ったときのことを思い浮かべた。そして図書室での陽平と彼女の様子を。

伝えなきゃ伝わらないことがある。創生はそう言いたいのだろうと、彩羽は悟った。

その場から動けずに立ちすくんでいたところ、笹木がこちらにやってきて、ばったりと出会ってしまった。目が合ってしまってからでは隠れるようなこともできず、彩羽は観念して創生と一緒に頭を下げた。

「ああ、もしかして」

と、笹木は彩羽の正体に気づいたらしかった。

「私はもう帰るから、どうかゆっくりしていってほしい。すごく喜ぶよ」

笹木は何も聞かないでいてくれた。何度も会ったわけではないけれど、相変わらずやさしそうな人だった。だからこそ、罪悪感のようなものが喉の奥に流れ込んでくる。

いつまで自分は母との確執を抱えて生きていかなければならないのだろう。この呪縛はどうしたら消えてくれるのだろう。誰《だれ》も憎みたくないし疎《うと》ましく思いたくないのに。

時々、疎外感を抱くあまりにネガティブな感情に支配され、自分がどうしようもない悪者にさえ思えてくるのだ。

「彩羽」

創生のやさしい声に背を押され、彩羽はおずおずと香苗がいる窓際のベッドへと足を運んだ。

「あら」

と、香苗が目を丸くする。

母の様子を見る限り、千恵子は香苗には知らせていなかったのだろうと悟った。

（どうしよう。声が出ない……）

久しぶり。元気だった？　大丈夫？　早くよくなってね。そんなふうに挨拶《あいさつ》をする予定だったのに、練習どおりにはいかなかった。

すると、香苗の方から声をかけてきてくれた。

「彩羽、わざわざ来てくれてありがとう。創生くんも一緒に来てくれたのね」

「ごぶさたしています」

当然のように挨拶をする創生と香苗を見て、彩羽は驚く。

（え？　どういう……こと）

創生は中学の頃に工房に住み込みで弟子入りをした。彩羽が金沢に来たのはその後、彼が高校生のときだ。そのときにはもう創生は住み込みではなくアパートでひとり暮らしをしている。

母は仕事で毎日忙しく、マリアージュはおろか工房に顔を出すことがなかったので、創生と面識がないはずだった。

不思議に思いながらも、混乱した頭では解答を導き出せない。彩羽は母のそばに近づき、ようやく「大丈夫？」とぎこちなくだが声をかけた。

「平気よ。びっくりしたけど嬉しい」

満面の笑顔を見せる香苗の様子に、彩羽の胸はたちまち苦しくなった。母が目の前にいるというのに、幻でも見ているかのような気分だった。それほど、親子関係が絶たれて長いのに、香苗ときたら今朝にも会ったばかりの娘を見るような目をしていた。

戸惑いのあまりに視線を逸《そ》らすと、見たことのある和紙の柄の折り鶴がベッドのそばに飾られているのを彩羽は発見する。

「千羽鶴の飾り……？」

既視感があった。金沢の祖母の家に飾られていたものとデザインがよく似ていたのだ。

「ああ、それは……今年は間に合わなかったわ。まだ半分しかできていないのよ」

と、香苗は肩をすくめる。

彩羽はまったく話が見えず、首をかしげる。

「それね、千羽鶴にして毎年、飾ってもらっていたのよね」

「え……？」

「私、こっちに来てからも金沢に何度か行っているの。それでね、こっそりお店を覗いたり、工房に顔を出したりしたこともあるのよ。あなたは嫌かもしれないけれど、元気にしてるかなって気になってしまって。そのときに創生くんと会ったの」

「そう、だったんだ」

「ええ。創生くん、色々と話を聞かせてくれてありがとうね」

母がきまり悪そうに言う。

「いえ」

と、創生は首を振った。そして彼は彩羽に微笑みかけた。彼の言わんとすることがわかった。

母は彩羽に対して無関心ではなかった。娘が金沢に残るといってむりやりに引っ張っていくことはしなかった。それは再婚相手を選んだということだと思っていたが、違ったのだろう。

離れていても、母なりに彩羽のことを大事に想っていてくれたのだ。あの毎年楽しみにしていた軒下の千羽鶴は、母からの贈り物だった。

親子はずっと視えない糸で繋がっていたのだ。

(知らなかったよ。そんなこと、全然知らなかった……)

「……っ」

彩羽は言葉にならなかった。唇を噛《か》んで、感極まって涙が込み上げてきそうになるのを必死に踏みとどまって我慢していた。でも、ちょっとでも気を緩めたら、いつでも決壊してしまいそうなぎりぎりのところにあった。

「明日、あなたの誕生日でしょう？　彩羽」

まるで自分のことのように嬉しそうに香苗は声を弾ませた。

そう、旧暦の七夕にあたる八月七日は、彩羽の誕生日だった。

「覚えていてくれたんだ」

とうとう目から涙が溢《あふ》れ、鼻をすすりながら彩羽は言った。

「当たり前でしょう。私が産んだ子だもの。今はこのとおり何も準備してあげられないから、少し早いけど、これをもらってくれない？」

母の細い指に搦《から》めとられ、そうして差し出された千羽鶴を、彩羽はそっと受け取る。

「中途半端でごめんなさいね。それをぜひ完成させて、飾ってみて欲しいの」

「お母さん……元気になるんでしょう？　大丈夫なんでしょう？」

彩羽は急に不安になり、そう問いかけた。誰よりも不安なのは、母であることは明白なのに。急に子どもになったみたいに、追いすがりたくなってしまったのだ。

「ええ。大丈夫。大きな病気ではないから、安心してちょうだい。ただ完成しないままなのが気にかかって仕方なかったの。託されてくれる？」

「わかった」

「よかった。彩羽の顔を見たら、元気になったわ。ありがとう」

香苗はやさしく微笑んだ。母の目にもうっすらと涙が浮かんでいた。変わらないように感じて、親も年をとっていくのだと、彩羽はそのときに感じていた。

その後――。

病院をあとにした彩羽は、創生と一緒にアーケード商店街に飾られた七夕飾りを眺めながら、ゆっくりと歩いた。

風に吹かれる笹《ささ》や色とりどりの吹き流しが綺麗だ。どれもこれも工夫が凝らされている。

「……きれいな色」

ぽつりと、彩羽は無意識につぶやいた。

紙袋に入れられた未完成のままの千羽鶴を想うと、早くあんなふうに飾ってあげたいと思う。

「なんで千羽鶴を届けるんですかって、工房に来たときに聞いたんやけどな」

彩羽は隣を歩いていた創生の方を振り向く。

彼もまた飾りに目を奪われているみたいだった。七夕飾りに視線を向けたまま続けた。

「彩羽の名前の由来なんだって、お母さん言っとった」

「え？」

彩羽は目を丸くする。そんなことは初耳だった。

「たぶん、彩羽は一色彩羽っていう名前を勘違いしてるんじゃないかって思う」

創生がこちらを向いた。

「彩る羽……私が、カラスみたいだって言ってた話？」

離婚して、遠山から旧姓の一色になったとき、色を失ったみたいだ、と彩羽は思った。

一色彩羽という氏名は、パッと見たら宝塚《たからづか》の女優さんの名前みたいに綺麗だけれど、一色に彩られた羽といえば、彩羽は最初に黒一色のカラスをイメージしたのだ。それを以前に創生にも話したことがあった。

「うん。本来の意味は……千の彩る羽っていう意味。彩羽が生まれたとき、七夕で、風に揺れる鶴を見て、決めたんだって言っていた」

「どうしてそんな大事なことを……お母さんは私に言わないの」

彩羽は、ぼやけた記憶を辿《たど》ろうとした。

「由来は知っているはずやって」

「彩る羽しか知らないよ。千羽鶴のことだったなんて。七夕のことだって……ぜんぜん」

そう言いながら、彩羽は思った。

ひょっとしたら、知らなかったのではなく、幼いときに聞いて、そのまま忘れていただけなのかもしれない、と。

風に揺れる千の彩る羽……。

視界に溢れる色とりどりの七夕飾りを眺めていたら、彩羽の目から熱いものが溢れ出した。

彩羽は思わずといったふうに母からもらった千羽鶴に触れ、彩羽は母がそこに込めた感情や色を読み取った。

怖くて視ようとしなかった色が、彩羽の視界に今、流れ込んでくる。

あたたかい暖色系の色、光に満ちた明るい色、それらはすべて一心にひとりに向けられた色だ。

『彩羽。いい名前でしょ。千の彩る羽……七夕生まれだから。ずっと忘れられないわ』

「あ……」

そうだった。聞いたことがあったのだ。

そこには彩羽に対する愛情が溢れていた。母の愛は、様々な色で彩られていた。

（どうして私は……ちゃんと視ようとしなかったんだろう。どうして忘れてしまっていたのだろう）

知らぬままに記憶に蓋をしていた。心をふさぎ込んで、視えなかったものがそこにはたしかに在ったのだ。

溢れてきていた熱いものが、瞬く間に頬を滑り落ちていく。

「私……っおかあさんに、千羽鶴、つくってあげたい」

それは、彩羽の第二の産声といえるのかもしれなかった。

「付きおうよ」

創生は笑顔で答えてくれた。それから、と彼は言葉を繋げる。

「俺も、彩羽っていい名前やと思う」

心にまで響くその言葉を、彩羽は一生忘れないと思った。

視界が揺らいだ中でも、やさしい彼の表情を、憶《おぼ》えていようと誓った。

創生さん。あなたは深い迷いの森の中に立てられた道標《みちしるべ》みたいだね。いつもそばで勇気づけてくれ、私が見失ったものを照らしてくれる。私はそんなあなただから、好きになったんだ。


——翌日。

ホテルをチェックアウトした後、徹夜で完成させた千羽鶴を持って、彩羽は創生と一緒に香苗の入院している病院に再び向かった。エレベーターに乗ろうとすると誰か知らない男性の肩に触れた。

「すみません」

と一声かけた相手は、笹木だった。エレベーターは先客と彩羽たちを乗せ、ドアはゆっくりと閉まった。

「やあ、今日も来てくれたのかい」

笹木は嬉しそうに表情を崩した。彩羽はこくりと頷く。今、触れた部分から無意識に色を読み取った彩羽は、笹木が穏やかな海のように静かで、誠実な男性なのだということを、改めて認識していた。

なんて会話を交わしたらいいか、彩羽は言葉に詰まった。

「お母さんのことを、よろしくお願いします」

迷った末に、彩羽は笹木をまっすぐに見てそう告げ、頭を下げた。過去には、けっして言えなかった言葉だった。

笹木が息を呑んだのが感じられた。

彩羽がゆっくりと顔を上げると、笹木はまるで実の娘を見るような温かな眼差しをしていた。

「ありがとう。香苗さんのことを大事にします。君に負けないくらいにね」

「私、なんて。お母さんのことを大事に……できてっ……いなかったから」

懺悔《ざんげ》をしたのは、初めてだった。じくじくとうずいていた膿《うみ》のような、じりじりと消し炭のように燻《くすぶ》っていたものが、ゆっくりと剥がれていくようだった。嗚咽《おえつ》する彩羽の前に、笹木はあるものを差し出した。それは、不器用に折られた小さな鶴だった。

「毎年毎年、鶴を作るのが楽しそうだったよ。けっして器用じゃないから、何度もやり直しをして満足いくようにいくつも作っていた。君こそが、香苗さんの、君のお母さんの支えだったんだ」

彩羽は笹木からそれを受け取り、そっと手のひらの上に載せた。たしかにいびつで不格好で、これこそが母らしいと感じる鶴だった。

「距離感を測りかねている部分はあると思う。でもそれはけっして遠ざけているわけではないとわかってほしい。たとえ形は違っても、いつまでも親子には変わりないのだから」

笹木の穏やかな深みのある声に、彩羽のひりついた痛みが静かになだめられていく。

浮いたままのパズルのピースが、行き場を見つけたみたいに、しっくりと心の中に収まった。ずっと、誰かにそんなふうに言われることを望んでいたのかもしれない。

形は違っても、場所は異なっていても、親子には変わりないのだ、と。罪悪感や孤独感を抱く必要はない。忘れなくてもいい愛が、ここには在るのだ、と。

「さあ、きっと喜ぶよ」

笹木に励まされ、彩羽は頷く。

彩羽は創生と一緒に笹木のあとに続いて香苗の病室へと向かった。

まさか二日続けてお見舞いに来るとは思っていなかったのだろう。香苗は驚いた顔をしていた。

「お母さんに渡したいものがあったの」

「渡したいもの？　何かしら」

「元気になったら、これを持って、金沢に会いに来て」

彩羽が差し出したのは完成した千羽鶴だ。

香苗の目に涙が溢れ、やがて、くしゃくしゃの笑顔に変わった。

「必ず。約束するわ」

そんな泣き笑いになった母のやさしい表情を、彩羽はしっかりと記憶に焼き付けていた。

今度は絶対に忘れてしまわないように――。

病院を後にする頃には、彩羽はすっかり晴れやかな気分になっていた。

「創生さん、付き合ってくれて、ありがとう。後悔しないで済んだよ」

彩羽は香苗と、笹木のことを思い浮かべる。恋や愛については、まだわからないことがたくさんある。けれど、母の今の幸せも、ひとつの愛の形として在っていいのではないか、と感じていた。笹木が、たとえ形は違っても、親子には変わりないと言ってくれたように。彩羽が知らないだけで、人生には、様々な愛の形があるのかもしれない。正解はたったひとつではないのかもしれない。

笹木と一緒にいる母の幸せそうな姿を見て、祝福したい、と彩羽は思うようになっていた。

「よかったな」

創生は微笑んだのち、ハッとした顔をした。

「あ、しまったな」

「どうしたの？　忘れものでもした？」

「いや。誕生日プレゼント……まだ何も用意できてなかった」

「プレゼントなら、もう、もらったよ」

彩羽は笑顔で言った。不器用に折られた小さな鶴を、創生の前に出して見せた。

【伝えなきゃ伝わらないことがある】

背中を押してくれた創生の言葉が、何よりのプレゼントだったのだ。

そして――。

「彩羽、誕生日おめでとう」

創生からのお祝いの言葉は、彩羽を生まれ変わらせてくれた、魔法の言葉みたいだった。

＊＊＊

創生と一緒に金沢に戻ってきた彩羽は、すぐにマリアージュと工房に顔を出し、千恵子や春緒にお土産《みやげ》を渡し、香苗の様子を報告した。

「きちんと話ができてよかったわね。そうだわ。浴衣着付けてあげるから、ふたりで夏祭りにいってらっしゃいな」

「えっ。もうお祭りなら行ったけど」

「それはそれ。これはこれ。浴衣はまだ着てないでしょ？　お祭りは何回参加したっていいものじゃないの」

しんみりしたくなかったからか、千恵子はそう言い、創生と彩羽を自宅の方に連れ立った。手慣れている千恵子がいれば、浴衣の着付けなどあっという間だ。

サイズはぴったりだった。彩羽の浴衣は紫とピンクの朝顔の模様が入った白地に赤の帯、創生の浴衣は細やかな紗綾形《さやがた》の灰色に黒の帯、それぞれ対照的だった。まるで最初からふたりのために用意されていたみたいに。彩羽はそこまで考えてハッとする。

「おばあちゃん、あの、これって」

「ふたりともよく似合っているわ。彩羽、髪も結ってあげるから、創生くんちょっと待っていてちょうだい」

千恵子はあえて気を遣わせないようにしているのかもしれなかった。彩羽は創生と目で合図をして、こちらもあえて追求しないことに決めた。

縁側に彼は座っていた。彩羽は彼の広い背や時折見える憂いを帯びた横顔を眺めながら、千恵子に髪を結われていた。

浴衣がよく似合っていて、普段着ている作務衣《さむえ》とはまた違った大人っぽい色っぽさがあった。ついつい見惚《みほ》れてしまう。

(どうしよう。ドキドキしてきた……)

「はい。できたわよ」

千恵子に声をかけられ、彩羽はハッとする。アップにした髪に飾られたかんざしには小花のチャームが揺れていて、とても可愛《かわい》らしい。

鏡越しに創生と目が合って、鼓動が跳ねる。

「どう？　創生くん、うちの孫は」

いきなり千恵子が彩羽の肩をくるりと創生の方に向かせた。

「ちょっおばあちゃん」

「うん。可愛いと思う」

「……っ」

臆面《おくめん》もなく彼は言うのだ。そういう人なのだ。

彩羽は耳まで赤くなっているだろう自分の顔を見られまいと何か話題を探す。

「そ、そういえば、あこちゃんに誘われてたんだった」

「声かけてみれば？」

「そうだね。連絡してみる」

さっそく彩羽は亜希子を誘い、その流れで颯人も招集することになった。

颯人は夏休みが終わったら転校する予定の陽平と遊ぶ予定だったが、遠距離になる前に思い出を作りたいということで、彼女の方を優先されてしまったらしい。

創生と一緒に待ち合わせした神社の前に行くと、さっそく颯人がその件でぼやいていた。

「つれないよなぁ。あいつには貸しがいっぱいあんのに。親友って都合がいい存在やな」

「恋の方を取るに決まっとるよ。友情はそうそう途切れないけど、恋は必死にならなきゃ掴めないものやし」

亜希子が扇子をあおぎながら、得意げに言った。

「そうけ？　俺はそうは思わんけどな。恋はいつかは終わるもんだと思う」

「ほんとに気が合わないんやから」

「それはこっちのセリフやが」

亜希子と颯人の言い合いはいつものこと。

ピンク色の牡丹《ぼたん》柄の浴衣を着た亜希子と、濃紺の縞《しま》柄の浴衣を着た颯人。恋人同士にしか見えないくらいふたりとも似合っている。

「ふたり仲がいいんやな」

創生が笑う。

「うん。本人たちは否定するんだけどね」

彩羽もつられたように笑った。

「喧嘩《けんか》するほどなんたらっていうやつや」

と、創生が言い添えた。

彩羽はお祭り会場を見渡し、思わずつぶやく。

「今年の夏、二度目のお祭り」

「またキャッチフレーズみたいなことを言うてるね」

と、揶揄《やゆ》するように創生が言った。

「けれど、あのときよりずっと楽しい」

「それならよかった」

気を遣った言葉ではない。本当に楽しかった。ずっと引っかかっていた母親へのわだかまりが溶けたからだろうか。

目に映るものすべてが星の砂のようにきらきらと輝いている。手ですくえばさらさらと流れていくような瞬く間のきらめく風景を、もう一秒でも目を離したくないと思った。気の置けない友だちや創生がそばにいてくれる時間は、けっして無限ではないのだから。今日はとことん楽しもう！　そんなふうに気持ちが盛り上がりつつあったところ、面白いお面が並んでいるのを見かけて、彩羽は隣にいる創生に声をかけようと振り向いたのだが、こつ然と彼の姿がどこにも見えなくなった。

（えっあれ……創生さんどこ⁉）

神隠しにでもあったみたいに、ぽつねんと取り残されてしまった彩羽はその場で途方に暮れる。

お祭りの雰囲気に呑まれて気づくのに遅れてしまったようだ。周りの風景に見惚れて、大事な人を見失うなんて本末転倒《ほんまつてんとう》というものだ。

彩羽はとりあえずその場で動かずに視線だけを動かした。元来た道を戻るか、それともこの先の花火大会の観覧場所に移動するか。考えあぐねているところ、人の波をかき分けてこちらにやってくる創生の姿が見えた。

しかし彩羽がどこにいるのかは気づいていないらしかった。

「創生さん！」

彩羽は声を張り上げ、背伸びをして手を振った。ようやく創生が見つけてくれ、互いに引き合うように合流する。

「よかった。見失ってそのままになるかと思った……」

彩羽はホッと胸を撫《な》で下ろす。幼い子どもの迷子というわけでもないのに、こんなにも不安になるものとは思わなかった。

「すまん。声をかけたつもりでいたんやけど聞こえてなかったみたいやな。その間におじさんに捕まってしもうて、すぐに離れるわけにいかんくなって、これ、捕まえてきた」

そう言って創生が見せてくれたのは——。

「金魚」

そう、一匹の金魚だった。

橙《だいだい》色の金魚がひらひらと尾びれを揺らしている。まるで羽衣を身につけたみたいに綺麗だ。

「わぁ。この形の金魚をお祭りで見るの初めてかも！　可愛い」

不安になっていた気持ちはあっという間に霧散していた。水の中で動く金魚に釘《くぎ》づけになる。

「小さくて細っこいのはよくあるけどな。お土産にいきものはどうかと思ったんやけど。

なんとなく足止めてた」

と、照れくさそうに創生が言う。

「私、ちゃんとお世話するよ。あ、夏の間はマリアージュの方にいてもいいかも。そうなると、この子水槽《すいそう》にひとりぼっちじゃ寂しくないかな」

何気なく言ったつもりだったのだが、

「ほんなら、もう一回チャレンジしに行こか？」

創生が後ろに指をさす。金魚釣りのコーナーがちょうど空くところだった。

ふたりは並んで屈《かが》み込み、金魚が泳いでいる水色のプールの前に陣取る。おじさんから水の入ったボウルと網を渡され、さっそくチャレンジしてみることになった。

「なかなか難しい……！」

慎重に網を潜らせたつもりだったのに、網はあっけなく破れてしまう。かれこれ何回目の挑戦になるだろうか。彩羽は思わず唸《うな》った。

「力が入りすぎてるんやよ。すっと斜めに水面を切るみたいにして、金魚を乗せてやる感じでやってみたらいい」

創生がコツを教えてくれるものの、思ったようにはできなかった。

「うーん。イメージはできてるんだけど……」

網を素振りしつつ、彩羽は水面を睨《にら》む。

「俺がやろうか？」

やさしい誘惑に心が揺れる。しかし頼ってばかりいるのも申し訳ない。

「もうちょっとがんばってみたい。なるべく、自力でお迎えしたいの」

袖《そで》まくりをし、彩羽は再び真剣に挑む。

「向こうから来て集まってるところがちょうどいいかもしれんよ」

彩羽は創生のアドバイスどおりに、金魚が集まっている付近に網をそっと近づける。その中に、一匹の目立った模様をした金魚を見つけた。

「ねえ、なんかあの子、創生さんに似てるかも！」

「どれ？　金魚に似てるなんか言われたのは、初めてやな」

と創生は笑った。

「あれだよ。あの白と赤と黒のまだらの」

「へえ。どのへんが似とるの？」

創生が首をかしげる。不服というわけではなく、あまり似ているとは感じていないようだった。

もちろん彩羽も見た目が彼に似ていると感じているわけではない。どう言ったら伝わるだろう。

「なんかね、存在感があるっていうか、芸術家っぽいというか、それでいて王子様っぽいというか。とにかく他とは違うの」

「ふーん。金魚を通して褒められんのも初めてやな」

創生にはピンときていないらしいが、そこまで言われれば、彼も乗り気になったようだ。

「じゃ、狙《ねら》いを定めて」

「直前まで、網の影を水面に映さないようにした方がいいよ。さっと素早く」

彩羽は息を詰めて、悠々と泳いでいる創生に似た金魚に照準を合わせた。

いざ勝負！　その一瞬のことだった。水に潜った網をスライドするように引き上げると、お目当ての金魚が網の上で元気よく跳ねていたのだ。

「やった！　見て！　創生さん！　ついに――」

と、網の上に乗って喜んだのもつかの間、またたくまに網が破れてしまう。

「ああっ」と声を上げる間もなく、水しぶきを上げて金魚はすいすいと逃げていった。

「うっそー!?　今、網の上に乗ってたのにー」

さすがに彩羽は悲鳴を上げるしかなかった。今度こそと思ったのに。おじさんは容赦なく網を回収していく。

「はは。残念やったな。金魚も必死やもんね」

「もう一回したい」

どうしても名残《なごり》惜しくて、彩羽は網にぎゅっと力を込めた。しかし失敗に終わる。完全に好機を逃《のが》してしまったのは明らかだった。

「見てられんわ。俺に貸してみなさいな」

ん、と創生が手を出す。彩羽は渋々だが彼にボウルを渡した。

「おじさんもう一回だけ」

創生がそう言い、新しい網をもらう。

結局、創生に頼ることになってしまった。しかも、涼しげな顔をしたまま、あっさりと金魚をすくい上げるのだ。

「はぁ。すごい……ほんとに信じられない」

彩羽の口からは感嘆のため息がこぼれた。ちょっぴり悔しい気持ちでもあった。

「よし。これで寂しくないな」

創生がやさしく微笑む。なんだか子どもがあやされているような感じがして、恥ずかしくなってきてしまった。でも、それでも今はいい。

「あんやとね、創生さん」

「なーん。いかなてて」

『どういたしまして』と彼は言った。

この方言も耳に慣れてきた。なぜなら、何度もお礼を言う機会があるからだ。

いつでもそばにいて助けてくれる彼は、やっぱり彩羽にとっての王子様なのだ。いつだってそう。今日もまたそうだった。

それぞれ水が入った簡易プールの中で、仲良くゆらゆらと揺れている金魚たちは、なんだかお見合いをしているようだ。くすぐったいような微笑ましい気持ちになる。

(創生さんに似てる金魚。こっちのあなたは私に似てるといいな)

そんなことを思ったら、急に恥ずかしくなって頭をぶんっと軽く振った。

「帰ったら、一緒の水槽に入れてあげるね」

念のため、千恵子に連絡を入れたら、金魚用の水槽とお世話セット一式があるらしく、あとは餌《えさ》を買っておくということだった。

「すっかりはぐれちゃったけど、あこちゃんたち、どこまで行ったかな」

彩羽は左右を見渡してみる。人の流れがさっきよりも速くなってきていて、すぐに見つけるのは無理そうだった。

「花火の時間になれば、戻ってくるんやない？」

「人が多くなってきたから、集合場所をどこにするって連絡を入れた方がいいかな」

「それと、少し歩いた方がいいよ。うしろから人が押してくるから」

自然と手を差し出され、彩羽は思わず創生を見上げた。

「貸して。金魚、持っておこうか」

「あ、金魚。なんだ。それなら大丈夫だよ」

彩羽は一人でドキドキして舞い上がっている自分を恥じたくなった。思わず掴みかけた手が宙をかく。引っ込めようとしたら、その手は創生のもう片方の手に掴まれていた。

「じゃ、こっちは預かる」

そう言い、創生が彩羽の手を握った。

「え、あの、え……っ」

もごもごとしているうちに、しっかりと握られ、彩羽は戸惑ったまま創生についていく。

彼はもう振り返らないで歩き出してしまった。

今まで、何度か、創生に手を握られたことはあった。あの大宮駅とか、仙台のお祭りとか。それはどれも、仕方なくといった形だった。今は違う。明確に、彼は意思をもって手を繋いでくれたのだ。本当に恋人がそうするように。

彩羽の頭の中は混乱に混乱を極めていた。

（うわぁ。どうしよう。横が見られない）

それに指先の方に脈を感じる。意識していることを感じ取られたらどうしよう。汗ばんでいることが伝わったら恥ずかしい。そんなことを考えて頭までかっかしてきた。

彼への想いがどんどん加速していく。この気持ちはどこまで高みに行くのだろうか。ほんの拍子にぱちんと割れてしまうようなシャボン玉の気分だ。

創生はどう思ってくれているだろう。彼の気持ちが気になってくる。

大事にはしてくれているが、せいぜい妹のような目で見てくれているだけかもしれない。

そう考えたら、呼吸をするのが苦しくなってくる。不意に、ぶら下げている金魚のことまで心配になってしまった。

期待しすぎて落ち込むことの怖さは、彩羽は経験したことがある。そうなったら立ち直れない。浮かれすぎないようにしないといけない。

そんな張り詰めた感情を抱きはじめていると、

「あー！　いたいた！　彩羽ちゃん！　おーい！」

亜希子の声が聞こえてきて、彩羽は思わずパッと手を放した。

声の方につられて、創生と彩羽は揃って振り向く。

亜希子と颯人のふたりがこちらに向かってきていた。彼らの手にも何かの袋がぶら下がっている。買い物をしていたのかもしれない。颯人の手にはうちわと水飴《みずあめ》が持たされていた。

「ふたりともいたいた。どこに行ってたん。いつのまにか見えなくなって焦ったわぁ。そういう作戦やったとかないよねえ？」

亜希子の揶揄を含めた疑いの目に、彩羽はどきりとする。後ろめたいことがあるわけではないけれど、今の今、心臓に悪い。

「ま、まさか。あこちゃんこそ、神楽くんとずっと一緒だったんでしょう？」

声が上滑りしそうになりながらも、彩羽は平静を装い、亜希子に問い返した。

「仕方なくやよ。だってひとりで迷子とか嫌やんか」

そう説明する亜希子の頬がほんのり赤くなる。やはり、まんざらでもなさそうだった。

一方、彼女の隣にいた颯人はげんなりした表情を浮かべ、つまらなそうに飴玉を頬張っている。

「早く合流しようとしたんやけど、こいつがあれも見たいこれも見たい言うて引っ張るから……俺、完全なる荷物持ちや」

と、ビニール袋を面倒くさそうにゆらゆらとちらつかせた。そんな颯人の態度に、亜希子がむうっと頬をふくらませる。

「何よ。通り道でついでにちょっこし買い物しただけやんか。後から引き返すのなんて大変なんやからね？」

「そんならよかったわ。これ以上、妙に誤解されても困るだけやし」

「何？　どのへんが誤解されるとこなん？　なんで困るん？」

「そうやって俺のことを所有物みたいにするやろ」

「は？　何言うてんのよ。うちだってあんたの何でもないんやからね」

「ま、まあまあ。落ち着いて、ふたりとも」

ふたりの言い合いがはじまると、アナウンスが聞こえてきた。とうとうこれから花火がはじまるらしい。

「痴話《ちわ》喧嘩やって言われる前にやめといたらいいよ」

創生の冷静な一言に、亜希子と颯人はそれぞれ顔を見合わせ、肩をすくめた。きまり悪そうな顔をしたふたりを見て、彩羽と創生は揃って笑った。

彩羽は土手沿いの道に座りはじめた観客の様子を見渡し、どこかいいところはないかと視線をさまよわせた。

「どこも混んでるけど、向こう空いているところあるみたいだから移動しようよ」

四人でぞろぞろと場所を移動し、空を見上げた。街の灯りは遠くにぼんやりと見える中、空には星の姿も見えた。

「このあたりがいいんじゃないかな？」

「いい感じやね」

「あ、待って。レジャーシートあるよ。簡易用の薄いやつやけど、浴衣濡《ぬ》れるよりはいいと思うから」

亜希子が言って、カゴ巾着の中から取り出した小さく畳んだレジャーシートを広げはじめた。

「いつも気が利くね、あこちゃん」

「そうやろ？」

と、亜希子は機嫌をよくしたみたいだ。颯人は知らんぷりしているが、これ以上彼女と言い合うつもりはないらしい。

喧嘩するほど仲がいいとは言うけれど、亜希子の想いを知っている彩羽としては、颯人と亜希子がいい関係になれれば……と思う。

（神楽くんは……どう思ってるのかな）

「彩羽ちゃん、今、俺のこと見てた？　やっとその気になった？」

「えぇっ」

不意打ちで尋ねられ、彩羽は目を丸くする。

「もういい加減にしなさいよ！　この軟派男」

即座に亜希子が間に割って入るものの、颯人はいじわるな顔をする。

「おまえには関係ないし」

「はぁ？」

「そこのふたり、痴話喧嘩まだ続けるけ？　目立っとるが」

少し咎《とが》めるように創生が間に割って入ると、颯人と亜希子は押し黙った。さすがに周りの視線が痛かったようだ。

「……いえ」

「……やめます」

彩羽は創生と目で合図し、微笑を交わした。これで、しばらく彼らはおとなしくしてくれるだろうか。

夏の夜気が心地いい。足に触れる草が少しくすぐったくて下を見れば、金魚が二匹対面するように泳いでいた。

意識してしまうと、また鼓動が速まっていく。歩くたびに揺れる水面と同じように、彩羽の恋心も揺られている。

「あ、ねえ、花火に願いごとをすると、叶うんだって」

彩羽は思い立ったように言った。仙台の夏祭りの夜に創生が言ったことが不意に脳裏をよぎったのだ。

「なにそれ、流れ星の法則？」

興味を引けたらしい。亜希子が身を乗り出すように聞いてきた。

「こういうのって言うと叶わないやつ？」

颯人の問いに、創生と彩羽は顔を見合わせた。きっと考えていることは同じかもしれない。

「大丈夫。強く願えば。言っても言わなくても。でも、できたら大事なことは……いつか直接本人に言った方がいいと思うな」

彩羽は心からそう告げた。

それぞれが胸に留めたみたいだった。しばらく穏やかな無言に包まれる。

「あ、花火が上がった！」

夜空に咲く大輪の花の中に、母のやさしい笑顔が見えた。繋がりを消してしまわないでよかった。彩羽は心からそう思う。

不意に、隣にいる創生の手が触れた。繋いでくれようとしているのかと一瞬ドキドキしたが、そのままだった。

二匹の金魚といっしょに、彩羽は花火に願った。

（また来年、創生さんと一緒に花火を見られますように――）

願わくは、もう少し、ふたりの関係が進展しているといい。甘い感傷を抱きながら、夏の夜を彩る花火をしっかりと目に焼き付けていた。

この夏のことは絶対に忘れない。彩羽は願いと共に夜空に誓いを立てるのだった。

第三章　檸檬キャンディと恋の余韻

秋は、神事に使う和紙がよく注文される。お飾りや上品なお守りの包み紙、それから七五三に使われる千歳飴《ちとせあめ》の包装や金太郎飴用のカジュアルな包装などなど、用途は様々だ。その中でも彩羽《いろは》はカラフルな金太郎飴の包装紙が好きで、商品が入荷したときは、何個かまとめ買いをして毎日の楽しみにしていた。茶屋街《ちゃやがい》に並ぶ昔からの甘味屋さんの飴は絶品なのだった。

今日も学校から帰ってきて最初にすることといえば、金太郎飴を食べることだった。

横幅十五センチくらいの紅葉《もみじ》柄の和紙の包みを丁寧に開くと、断面が同じ狐《きつね》の絵柄をした飴がぎっしり並んでいる。そのうちのひとつを摘《つま》んで口の中に入れた。甘酸っぱい檸檬《れもん》の味だ。これを食べるとなんとなく疲労が和《やわ》らぐ気がする。

今日、アルバイトは休みだ。夕食を済ませたら課題に取りかかろうと机に向かってすぐ、彩羽は数日前担任の教師から言われていた大事なことを思い出した。

「そうだった……！」

かばんの中に手を伸ばし、ひらりと一枚の用紙を取り出す。それは進路調査票だった。

（はぁ……どうしよう）

三年生の選択授業にも関わってくるし、そろそろ進路調査票を提出しなければならない時期なのだが、具体的な将来の目標がまだ見つかっていない。理由をつけて引き伸ばしていたら、結局提出期限ぎりぎりになってしまっていた。

彩羽は課題の前にこれを片付けようと、空白のままの進路調査票とにらめっこする。しかしペンを取って見たものの、書き入れたい言葉がすぐには出てこない。

部屋をうろうろしてみたり壁に頭をくっつけてみたり窓の外を覗《のぞ》いてみたり……その間も先のことについては一向に出てこない。だめだ……とベッドに倒れ込んだ。

天井を仰ぎながら、彩羽は創生《そうせい》のことを思った。

創生は卒後後は工房にそのまま残るのだろうか。それとも独立をするのか、まったく別の企業に就職するのか。

亜希子《あきこ》はお店の手伝いを続けながら和裁の専門学校に進むと言っていた。颯人《はやと》は加賀友禅《かがゆうぜん》の呉服屋の跡を継ぐつもりで経営系の大学受験をするらしい。

自分の進路で悩んでいたはずだったのに、他《ほか》の人の将来を気にしはじめていることに気づいた彩羽は軽く頭を振った。

(人の将来を気にしてる場合じゃないでしょ、彩羽!)

夜になると、だいぶ部屋も冷えるようになってきた。気分転換にココアでも飲もうかな、と彩羽は思い立つ。その前に、ベッドから起き上がり、もうひとつ金太郎飴を頬張《ほおば》った。

二階の自分の部屋から出て階段を下りると、千恵子《ちえこ》の声が聞こえてきた。仏間の方からだ。台所に行く前に気になってひょっこり顔を出すと、千恵子がアルバムを眺めていた。

「おばあちゃん?」

声をかけても、千恵子は彩羽の存在に気づいていないようだ。夢中で写真に見入っている。

「……懐かしいわね。彩羽ちゃんと創生くん、このとき、ほんとうに可愛《かわい》かったわぁ」

ぽつりと、千恵子が言った。

「え？ 今、なんて言ったの？」

彩羽がとっさに大きな声を出すと、千恵子はハッと我に返ったようだった。

「あら、びっくり。彩羽いたのね。そうだったわ。ちょっと私、お買い物に出てくるわね」

千恵子はそそくさとはぐらかして本棚にアルバムを仕舞い、その場を離れようとする。

「え？ 今から？ 待って、おばあちゃん」

声をかける間もなく、千恵子は出かけていってしまった。玄関のドアが閉まる音が聞こえ、彩羽は呆然《ぼうぜん》と立ち尽くす。

（なんだったの……私と創生さん……って言ってたよね？）

気になって仕方なかった彩羽は、いけないと思いつつも、千恵子が見ていたアルバムを探り当てた。

ちょっとでも力を加えてしまったら今にも背表紙が外れてしまいそうな古いアルバムをそうっと開く。

アルバムの中身は、千恵子の若いときの写真らしかった。彩羽の母、香苗《かなえ》の幼い頃《ころ》のものもあった。今まで彩羽が見たことのないものだ。

自分が知らない祖母や母の若い頃の写真は、なんだか秘密を覗いているようでドキドキした。

色あせたアルバムの一ページずつを破けないように丁寧に捲《めく》っていた彩羽は、次のページを開いた瞬間、過去と現実の境目がわからなくなった。

錯覚だ、と気づくのに少し時間がかかった。なぜなら、創生と彩羽……否、創生そっくりの男性と千恵子が仲睦《むつ》まじそうに寄り添っていたからだ。

着物姿のふたりの幸せそうな様子からは、特別な関係が感じられ、他人の空似と片付けることはできなかった。

（これ、どういう……こと？）

創生が千恵子の知り合いの伝手《つて》で工房に入るようになったのは、彩羽がまだ小学校高学年くらいのときで、創生は中学生だったはず。

金沢《かなざわ》には連休中に数日預けられることがあったくらいだし、周りのことには疎《うと》いまま、とくに追求することはなかった。

いったい、創生と千恵子にはどういう繋《つな》がりがあるのだろう。自分が考えている以上にもっと深い関係があるのだろうか。

勝手に見るべきではなかったのかもしれない。彩羽は今さら後悔した。けれど、見てしまったからにはその先が気になって仕方なかった。

どうしよう。呼吸が浅くなり、アルバムを持つ手が震える。しばし悩んだが、結局好奇心には抗《あらが》えなかった。

勇気を出して、他のアルバムを見ようともう一冊手に取ったそのとき、ひらりと一枚の古い写真が彩羽の膝《ひざ》下に舞い降りてきた。

その写真に、彩羽は言葉を失った。

（さっき、おばあちゃんが見ていたのはこの写真……？）

神社の境内で、幼い男の子と女の子が手を繋いでいる。七五三の着物姿ということは、年齢の差を考えて、五歳と三歳だろう。どことなく、創生と彩羽の面影がそれぞれに感じられた。

（まさか……私と創生さん……）

彩羽はとても恐ろしいことを想像してしまった。

まさか創生と血が繋がっているのでは……と疑い、不安になったのだ。

しかしそれなら、千恵子とあの男性はいったいどういう関係なのだろうか。祖父以外の男性との子どもと考えられるだろうか。

色あせた写真を見るからに、年齢的な計算がどうにも合わない気がする。それなら母の香苗の子といった方がしっくりくる。

あの夏の日、仙台《せんだい》に行ったとき、香苗と創生にも面識があったことはわかっている。けれど、そう何回も会っていたという感じではないし、千恵子ほど彼に思い入れがあるようには思えない。

（どういうことなの……）

カタンという音が響いて、彩羽はハッとする。アルバムが傾いたせいだった。胸の内側がすごい速さで脈を打っていた。

彩羽は急いでアルバムを元に戻すと、二枚の写真を持って、二階へと駆け上がった。そしてベッドへと倒れ込む。

鼓動が鳴り止《や》まない。しばらく枕《まくら》にしがみついて、さっきの残像を記憶に刻みつける。

息苦しさから少し解放されたあと、改めて二枚の色あせた写真を比較する。

(もしも、本当に血が繋がっていたら……)

恋をする資格が失われてしまう。否、最初から、創生には恋をしてはいけなかったことになるのだ。

違う。そんなはずがない。

あのまっすぐな瞳《め》をした創生が、そんな重大なことを隠しているわけがない。

それとも、創生も知らないことだったら……?

彩羽はとっさに写真を伏せて、目を瞑《つむ》った。そしてこれまでのことを思い浮かべる。

嫌だ。それはない。きっとない。私たちは、ちっとも似ていないもの。

創生と一緒に過ごした日々が壊れてしまう気がして怖かった。

＊＊＊

進路調査票は結局、無難に進学とだけ書いた。担任からはもっと具体的な進路を詰めていくように言われてしまったけれど、現状は仕方ない。

悩んでいる間にも、文化祭の開催が近づいてきていた。

彩羽のクラス二年A組では和風喫茶をやることになった。教室の内装を和風にし、女子は執事に、男子はメイドに、男女逆転した衣装を着る。高校の文化祭の催しものでは定番だ。去年は先輩のクラスが執事喫茶を開いていたので、今年はちょっとアレンジをしようということになったのだ。

色々な係の分担があり、彩羽は和風メニューの担当になった。メニューを考案したり、諸々《もろもろ》の備品を制作したりする。

メニューのひとつに彩羽の好きな金太郎飴を提案し、その包装をはじめ、和紙のコースターを作ることになった。材料は千恵子に相談し、予算内で安く仕入れる約束をした。

彩羽が放課後に居残りをしてメニューを作っていると、亜希子が様子を見にやってきた。

「いいなぁ。和風喫茶。うちもA組がよかったー今からでもクラス編成変えてほしいくらいやわ」

そんなふうにぼやきながら、彼女は彩羽の机の前に座った。

「家業やってるあこちゃんは見慣れてるんじゃない？」

「そんなことないよ。うちのとは別。執事よ？　メイドよ？　ぜったい楽しそうやもん」

教室内の飾り付けされていく様子を見回しながら、亜希子が言った。

「そっちのクラスはお化け屋敷だっけ？」

「そう。ほんっと色気がないやんか。男子は乗り気みたいやったけど……」

亜希子はげんなりした表情を浮かべた。

なんとなくクラスの様子が想像できた。男子はそういうのが好きだ。女子がきゃあきゃあ言うのを面白がっている節もある。

彩羽のクラスでは女子の圧が強く、速攻却下されている。そういうところでもクラスのカラーが出るものなのかもしれない。

「私はやってみたいけどなぁ」

「そりゃあカップルは吊《つ》り橋効果に期待してドキドキしたり、くっついたりして楽しいかもだけど、考えてみて？　おばけ役は損やよ」

と、亜希子は不満そうに頬杖《ほおづえ》をついた。

「あこちゃんのお化け……案外似合うかも……」

彩羽は想像してふふっと笑ってしまった。

「もーひどい」

「ごめん。悪い意味じゃないよ。メイクもするんでしょ？　ハロウィンって思えば楽しいよ」

「たしかにメイクもネイルとかも自由にできるけど、最終的には、後夜祭で踊るカップルを見せつけられる身としては悲しいもんやよ」

亜希子はそう言って、彩羽に目配せをした。廊下のところで内緒話をしているカップルがいる。

たしかに文化祭が近くなった途端に、周りがそわそわしはじめた。この頃、放課後に告白する人の姿も多く見かけるようになった気がする。後夜祭で踊る相手を決めたいらしい。あるいは、後夜祭に告白をすると計画している人もいるようだ。どこにいても、誰《だれ》かが誰か気になる人を意識している空気が伝播《でんぱ》してくるのだ。

「じゃあさ、この機会にあこちゃんも神楽《かぐら》くんを誘って文化祭回ったら？　進展できるかもしれないよ」

「むりむり、ぜったいにむり。そんなの無理《むり》よ。自分からなんて絶対に嫌やもん」

いつものことながら、亜希子は脊髄《せきずい》反射みたいにムキになって拒む。それでも彼女のほんのり赤くなった頬が、言葉とは裏腹に颯人を意識していることを表していた。

「あこちゃんの意地っ張り。そうしている間に、他の女の子に告白されても知らないよ？　神楽くん新しいクラスでも人気あるんだからね」

「なんであいつが人気あるのかわかんない」

「そんなことないよ。あこちゃんが一番わかってるでしょ」

彩羽がやんわりと咎《とが》めると、亜希子は押し黙ってしまった。彼女は自分から行動することを悔しいと感じているらしい。秘めた想いを颯人に悟られるのが癪《しゃく》なのだろう。

颯人の方も、亜希子を相手にするとなかなか素直になれない部分がある。幼なじみという特別な関係は他から見れば羨《うらや》ましがられるが、実際は厄介な関係でもあった。

なぜ対抗意識を燃やしてしまうのだろう。素直になれない幼なじみ限定で発生するプライドというものだろうか。育ってきた環境はひとりっこのようなものだったし、幼なじみといえる存在もいない彩羽には理解したくても理解しきれない。それでも、亜希子には笑顔でいてほしいし、できたら颯人とうまくいってほしい。

うーん、と彩羽は唸《うな》った。

「じゃあさ、私があこちゃんの代わりに神楽くんを誘ってみようか？　本人から誘うよりも乗りやすいかもしれないし」

一年生の時は、颯人のことは亜希子を通じてしか知らなかったが、あの栞《しおり》の件をきっかけに二年生に進級して彼と同じクラスになってから、よく接するようになった。だから、きっと彩羽が頼めば、彼も話くらいは聞いてくれると思ったのだ。

「えーなんて言って誘うの？　あいつ、私とふたりきりになんて絶対になろうとしないよ。名前を出したらすぐに行かないって言い出しそう」

亜希子は不安そうな顔をする。そして彩羽もその様子が容易に思い浮かんだ。

「うーん。それじゃあ夏祭りのときみたいにダブルデートを提案するとか？」

「そうなったら、もうひとり必要よね。彩羽ちゃんの方は誰を誘うん？」

「えっと……」

すぐに創生の顔が思い浮かんだが、彼は在校生ではない。他に頼めそうな人はいるだろうか。彩羽は教室をぐるりと見渡すのだが。

「やっぱりそこは、やっぱ創生さんしかいなくない？」

途端に、亜希子は瞳を輝かせはじめた。

一方、彩羽は焦りはじめる。こうなると話が逸《そ》れていくのはいつものことなのだ。

「わ、私のことはいいんだよ。今はあこちゃんの話だよ」

「文化祭やもん。外部からのお客さんだっていいでしょ。創生さんかっこいいから目立つやろなぁ。女子が悲鳴上げるかも。でも、絶対に彩羽ちゃんが隣で放さないんやよ」

「ね、聞いて。あこちゃんが勇気出すなら、私も勇気出して誘うから」

彩羽の先制攻撃により、話を逸らそうとする亜希子の気を引くことに成功した。さらに彼女はこんなことを言い出した。

「それって、告白するってこと？」

「こ、告白!?」

彩羽は言葉を詰まらせる。そこまで発展したことを決断するには、時間が足りなさすぎた。

「あのんね、彩羽ちゃんにやから言うけど、実は……文化祭きっかけに告白しようかなって本当は思ってたのよね」

おずおずと、亜希子が言った。そのことに彩羽は驚いて目を丸くする。

「えっ⁉　そうだったの？」

思いのほか大きな声が響いてしまい、周りからの視線を感じて彩羽は縮こまる。

「うちも色々考えてるんやよ、これでも」

頬をほんのり染めている亜希子が、とても可愛く見えて、彩羽はまじまじと親友の顔を見つめてしまう。

「そう……なんだ。それならなおさら応援するよ」

彩羽はいつの間にか両手に拳《こぶし》を握っていた。

「彩羽ちゃんはどうなん？」

「こ、告白の準備は……ごめん。でも、創生さんに実は聞いてみたいことがあって、悩んでたの。それがね、ちょっと勇気がいることなんだ」

「彼女がいるかとか、好きな人がいるかとか、そういう？」

と、亜希子が首をかしげる。

「ちょっと違うけど、家族の話とか……普段はなかなか聞けない内容なの。それじゃダメかな」

「……わかった。それでもいいよ。お互いに好きな人と大事な話をすること。約束やよ？」

亜希子は無意識に、ちゃんと好きな人と言葉にしている。彼女は気づいていないんだろう。彩羽はからかうことはせず、笑顔で頷《うなず》いた。

「うん、約束する」

友だちががんばろうとしていると、自分もがんばろうと思える。彩羽は亜希子を励ますつもりが、自分も励まされたことに気づいた。

ふたりは「ゆびきりげんまん」を口ずさみながら、小指をきゅっと絡ませた。こうして女同士の友情はさらに固く結ばれたのだった。


その後、亜希子と一緒に下校し、帰宅した彩羽は、制服から着替えもせず、あの写真をまた眺めていた。

一枚目は、創生にそっくりの男性と、彩羽にそっくりの女性の写真。

彩羽にそっくりの女性は、千恵子であるとすぐにわかる。小さな頃からおばあちゃん似だとよく言われたものだ。しかし男性の方は、祖父の昭太郎《しょうたろう》ではないことは明らかだった。昭太郎と創生は似ても似つかない。

二枚目の写真は、創生にそっくりの男の子と、彩羽にそっくりの女の子の写真。

これは、創生と彩羽が幼い頃に撮影されたものかもしれない。それぞれ子ども用の袴《はかま》と着物を着ていることから、七五三のときの写真で間違いないだろう。女の子が三歳、男の子が五歳と推定できる。

この二枚がそれぞれ意味していることは何なのか。

彩羽は写真に関連する登場人物のそれぞれの年齢を思い浮かべていた。

千恵子は六十五歳、香苗は三十九歳。彩羽は今年の夏に十七歳になった。そして創生は今年の冬に十九歳になる。

(あの若い頃の女性がおばあちゃんだったとして、創生さんが子どもだったら……って、それはないよね)

年齢の差を考えれば、創生の母は三十代後半という計算になる。春緒や香苗の子世代の年齢にはなるが、完全に孫世代の年齢ではない。

創生の母は彼が幼い頃に出ていったっきり行方《ゆくえ》不明という話だから、千恵子と知り合いであるわけでもない。

それなら千恵子と創生の父に接点があると考えるのが自然だ。でも、そんな話は一度も聞いたことがなかった。事実なら、創生を紹介するときに話していただろうし、普段の会話でも出てくるものではないだろうか。

ただの知り合いなら、それこそ隠す必要などまったくないはずなのに。

「はぁ……意味がわからない」

それ以上は想像の範囲を出なかった。

千恵子は、なんでもないことのように流したまま、あれ以来、なんとなくだが彩羽に切り出させようとしないようにしている雰囲気がある。だから彩羽も安易に聞き出すようなことはできなかった。

そんなに聞いてはいけないことなのだろうか。不安ばかりがふくらんでしまい、彩羽の頭の中はそれだけでいっぱいになりそうだった。

彩羽は、写真から色を読み取ろうとした。けれど、自分の不安定な心のせいか、はっきりとしたものは感じ取れない。

この能力だって万能というわけではない。視《み》たいからといって都合よく視えるものでもないし、視えなくていいものを無理に視せられることもある。諸刃《もろは》の剣なのだ。

ただ、あたたかい色であることは確かだった。それほど千恵子が大切にしていた写真ということだ。そんな祖母の想いがますます気になって仕方なかった。知りたいと思った。

創生に話を聞いてみたい。何か知っていることはないだろうか。思い当たることはないだろうか。

工房に彼がいるときは休憩時間に雑談する程度は許されたが、春緒《はるお》や他の弟子がいるところで真剣な話はしづらい。

それに、探りを入れたことが千恵子の耳に触れてしまいかねない。それは自分の身に置き換えて考えても、あまりよくない結果にしかならない気がした。

文化祭で一緒に回ることができたら、ゆっくり話を聞くチャンスにもなる。

（よし……）

彩羽はかばんを開き、文化祭の案内が書かれた配布用のチラシを一枚取り出すと、スマホのカメラで撮影し、そのままメッセージ画面を開いた。

『創生さん、この日よかったらうちの学校の文化祭にきてもらえませんか？』

実は……と、亜希子と颯人を応援したい旨のメッセージを打ち終えたあと、今撮った画像を送信する。程なくして、返事があった。

『その日は用事があるんやけど、時間空いて大丈夫そうなら連絡する。それでもいいけ？』

彩羽はすぐに返信した。

『了解しました。大丈夫です。もし来られたら、よろしくお願いします！』

彩羽はほっと息をつく。これ以上、あまり難しいことは考えないようにし、いつもどおりにしていようと決めた。

それから彩羽は支給された執事の制服を手に取り、鏡の前であてがってみる。

当日は髪型も工夫して、男装を意識しないといけない。女子は盛り上がっていたが、男子はブーイングとお祭り騒ぎ半々といったところだった。

そして、疑問は全員一致だった。

『すね毛はどうするんやろ？』

『え、そこの心配からなん？』

『嫌やわ、男子ー』

という笑い声が瞬く間に教室に響き渡った。

その光景を思い出して、彩羽はくすりと笑った。

なんだかんだいって高校の一大イベントでもある文化祭は楽しみだった。

きっと大丈夫。楽しい一日になる。それに、亜希子と約束したのだから、最高の日になるようにがんばろう。

彩羽は鏡の自分に向かって、よしと気合を入れた。

＊＊＊

当日、彩羽は執事の服に着替え、教室で対応に追われていた。やはり定番の喫茶は人気があって、お客の入りも多い。忙しく接客しているうちに、そろそろ交代で休憩をする時間になっていた。

スマホがポケットの中で振動した。彩羽はお盆を片手にポケットの中を弄《いじ》る。確認してみると、創生からのメッセージだった。

『着いたよ。正門周辺におる』

「私、ちょっと出てくるね」

クラスメイトに声をかけ、彩羽はお盆を所定の場所に戻したあと、急ぎ校門を目指した。息を切らして行くと、すらっとしたスタイルのいい男性が立っていて、すぐに創生だとわかった。シンプルなデザインのカットソーにジーンズといった格好だが、彼は素材がいいからますますカッコよさに磨きがかかっている。

彩羽は予測していなかった光景にドキドキした。

日頃、工房での作務衣《さむえ》姿やラフな姿に見慣れているから新鮮というだけでなく、おしゃれをしている彼と学校で待ち合わせをするという特別なイベントに、いつも以上に胸が弾んでいたのだった。

「ね、あそこにイケメン王子いる。学校の子じゃないよね？」

「背高いし、スタイルいい……」

と、ささやき合う女の子の声が聞こえてきて、自分のことのように誇らしく感じた。

「声かけてみたら」

「えー誰か待ってるみたいやし」

彼はだいぶ目立っているようだ。彩羽は焦りはじめた。誰かに捕まってしまう前に声をかけなくては。

「創生さん」

彩羽が慌てて声をかけると、創生はすぐに振り向いてくれた。声をかけようとしていた女の子たちは興味が失《う》せたように去っていく。彩羽はちょっとだけホッとした。

そんな彩羽の心中など知る由《よし》もない創生は、高校の校舎をゆっくり見渡した。

「高校なんか懐かしいな。たった一年前くらいのことやのに」

と、彼は肩をすくめた。

そう。一年前は、彼も制服を着ていた。他校だけれど、バスではよく一緒になったものだ。ちょっとでも同じ空間にいられることが嬉《うれ》しくて仕方なかった。彩羽も瞬く間に懐かしい気分になった。

校舎に植えられた金木犀《きんもくせい》の香りが、その当時のことを鮮やかに思い出させる。彼の肩に橙《だいだい》色の小さな星の形をした花が、広い背中にするりと滑り落ちていくのを眺めながら、彩羽は目を細めた。

あのときも創生は大人《おとな》っぽかったけれど、制服を着ていないとますます年の差を感じるものだな、と彩羽は思う。

「あの、忙しいのに来てくれてありがとう。用事は大丈夫だった？」

「うん。学生時代の友だちは大事にしたほうがいいしな」

創生は相変わらずやさしい。自分のことだって色々あるはずなのに、いつも彩羽を助けてくれる。お返ししてもしきれない。だからこの先、彼が困ったときには絶対に一番に力になると彩羽は心に決めている。

その前に、今日は大事な話をしなくてはならない。思い出したら急にお腹《なか》のあたりが痛くなってきた。

「彩羽ちゃん、おまたせ」

と、誰かの声が割って入って、彩羽と創生はふたり揃《そろ》って声の主の方へ振り向く。そこには颯人の姿があった。

たしか彼は呼び込みで回る係をしていたはずだが。しかも男子ならメイド服を着ているはずなのに、なぜか執事の格好をしていた。

「え、あれ？　神楽くん、なんで執事……」

もちろん似合っているし、彼はクラスの人気者である。女の子たちがちらちら振り向いていた。

「あーあの服でうろつくのはやばいでしょ。だから交代の自由時間は予備の服貸してもらったんよ。それで？　俺《おれ》とどこでデートしたいって？」

「えっ？」

聞き間違いだろうか？　いつもの彼の冗談だろうか。

「あ、工房のお兄さん。こんにちは」

「どうも」

創生が挨拶《あいさつ》をする。

彩羽も颯人もそれぞれ混乱している。もっと困惑しているのは創生だった。

「なるほどな。亜希子はお兄さんのこと、好きやったんやな」

なぜか颯人は大仰に頷いて、ひとり納得している。

「ええっ？」

彩羽は目を丸くする。いったいなぜそういう話になってしまったのか。彼は盛大に勘違いしているらしい。

「違うよ、神楽くん。それは……」

必死に誤解を解こうとするのだが、

「で、俺と彩羽ちゃんがデートすることになった、と。せっかくなら、反対にメイドの服着てくれへん？」

颯人は甘い視線を向けてくる。

「えっちょ、あのっ」

慌てふためいている彩羽をよそに、創生が頬のあたりを引っ掻《か》いた。目で合図をしながら、どうしたものか彼も思案しているみたいだ。

キューピット作戦のネタバレをしてしまうわけにはいかないし、誤解も解かなくてはならない。

（どうしよー!?）

彩羽は心の中で叫んだ。そうして激しく焦っていると、三人の前に救いの女神が現れた。

「ばか。あんたは私と一緒やよ。こっちにきまっし」

目尻《めじり》に黒いアイラインが入ったお化けメイクをした亜希子がやってきて、颯人の腕を引っ張ったのだ。

「は？　なんで？」

「そういう約束なの。ちょっと考えたらわかるやろ？　どうしてあんたと彩羽ちゃんなん？　創生さんがいるのに」

「なんやそれ。俺は約束した覚えはないし」

「わからんの？　そういう作戦なんやて」

亜希子がこちらを振り仰ぐ。彩羽は申し訳ない気持ちを伝えるべく、胸元で小さく両手を合わせた。創生と目が合うと、彼は肩をすくめた。

「はぁ……反則やぞ」

すっかり颯人はむくれている。

「ほら、お邪魔虫は向こう行くよ」

亜希子はちょっと寂しそうな顔をしたあと、いつもの猛獣使いかのごとく颯人を連れていってしまった。

「おい、むりやり掴《つか》むなや。服が皺《しわ》になる。大事な借りもんやぞ」

こんなときでも彼が衣装に気を遣うのは、神経質というわけではなく、いかにも呉服屋の息子らしい。

「そうしないと、あんた動かないやんか。いい加減に空気読みなさいよ」

「はぁ？　お前といても、あいそんない」

ぎゃあぎゃあ言い合うふたりの声が響き渡っている。犬猿の仲というのを具体的に見せられているみたいだ。

「はぁ。あのふたり、大丈夫かな……」

前途多難《ぜんとたなん》の様子が窺《うかが》えて、彩羽はハラハラして落ち着かない。今日こそは告白したいと言っていた亜希子の可愛らしい表情を思い浮かべる。今までとは違うのだ。彼女は勇気を出そうとしている。なんとかうまくいってほしいのだが。

「周りは気が揉《も》めるかもしれんけど、なるようになるもんやよ」

創生はいつものように鷹揚《おうよう》にただそれだけ言った。彼の穏やかな空気に癒《い》やされ、一瞬ほのぼのとしたのもつかの間、彩羽はぶんっと頭《かぶり》を振った。

「で、でも、提案したのは私だし、やっぱり心配だから、ついていってもいいかな？」

「そんなら、あからさまに近づくんやなくて、うしろから色々見て回りながらにしたらいい」

「じゃあ、そういう方向で、創生さんご協力お願いします！」

びしっと姿勢を正す彩羽に、創生が何か言いたげな顔をしていた。

「ひょっとして、何か特別な作戦でも思いついた？」

彩羽は弾《はじ》かれたように表情を明るくした。

「あー……いや。さっきの話聞いたら、どうせならメイド服姿も、見てみたかったなと思って」

「え……」

彩羽はたちまち固まった。まさか創生がそんなことを言うとは思わなかった。彼はじっと観察するように見ていて黙っている。

「そそそ、そんな。第一、私には似合わないよ」

「そうけ？　きっと、可愛いと思うんやけどな」

心臓を鷲掴《わしづか》みにする、という表現は、今このときこそふさわしいのでは、と彩羽は思った。

（今、か、か、かわいい……って言った⁉）

たとえば、大量の甘いお砂糖がどっと大量に胃に詰め込まれ、あっという間に全神経が恋煩《こいわずら》いという病に冒されるような、そんな甘い衝撃を受けた気分だ。

なぜ彼という人はさらっとそういう言葉を出せるのだろう。

彩羽は心の中で地団駄を踏む。ここが部屋だったらベッドでごろごろ転がって身悶《みもだ》えているかもしれない。

（やめて、今ここで死ぬわけにはいかない……あこちゃんとの約束があるんだからー……）

さらっとクールな顔で、ふわっとした微笑《ほほえ》みで、そんなことを言えてしまうのは、彼の前世が王子様だからだ！　その証拠《しょうこ》として、彼の表情はまったく変わっていない。

彩羽はそう言い聞かせてくるりと背を向けた。

「……っさ、行きましょう！　創生さん。いざ尋常に！」

張り切った彩羽の声が、面白いくらいに裏返ってしまう。

「いざ尋常に……って、なんやそれ。時代をまちごうてない？」

創生はぷっと吹きだした。彼の屈託のない笑顔を見て、彩羽はじわじわと体温が上がってくるのを感じた。

砂糖漬けの次はなんだろう。熱々の油の中に飛び込んだ衣みたいにパチパチ弾けて、そのうち彩羽の身はまたたくまに焦げてしまうのではないだろうかと思う。

今日は亜希子が主役なのだから、浮かれている場合ではないというのに。

耳がだいぶ熱い。きっと赤くなってしまっているに違いない。それを見られたくなくて、彩羽は髪をほどいて結び直すふりをした。

彩羽と創生はそれから亜希子と颯人を尾行した。

とりあえずふたりは一緒にいるけれど、気まずい空気が漂っているのが感じ取れる。

亜希子は肩で風を切るように歩いていて、明らかに怒っているし、颯人はだるそうな足取りをやめようとせず、ふてくされたままだ。どう見ても楽しく文化祭を回るという雰囲気ではない。周りのカップルは皆、笑顔で楽しそうにしているというのに。それは、亜希子も感じていることかもしれない。

（あこちゃん……）

本当は大事なのに。大好きなのに。

だんだんと彩羽はいたたまれなくなってきてしまった。

「なんであんなに反発し合っちゃうんだろう……」

泣きたくなってしまうものの、自分が泣いたって仕方ないからぐっと我慢する。颯人の気持ちが特にわからない。亜希子ですらわからないのだから、彩羽に理解できようもないだろう。

拗《こじ》れるくらいなら、やめた方がよかっただろうか。力になってあげたいと思うのは、余計なことだったのだろうか。後悔すら頭の中にちらついた。

「うーん。似た者同士ってことやな」

のどかな創生の感想に、彩羽は思わず脱力する。たしかに彼らは似ているところがある。気が合いそうなのに向き合えば反発するばかり。まるで同極の磁石のようだ。

「似た者同士なら、気が合いそうなのに」

ふうっとため息がこぼれた。

「意固地になるのに慣れすぎて、素直になるタイミングを失うってこともあるやろ」

「なるほど……」

創生の言うことは一理ある。亜希子を見ていてそう思うことがある。彼女のことはわかるが、颯人の方はどうなのだろう。幼なじみだとか腐れ縁だとか言っているけれど、彼もそんなに悪い気はしていないと思うのだが、違うのだろうか。

彩羽が心配なのは、もしも颯人に別に好きな人がいた場合だ。どれほど亜希子を応援しようとも、彼の心に他の人がいたら、彼女が傷つくだけになる。

そのあとも、様子を見ていたが、度々言い合って、だんだんと亜希子がイライラしはじめているのが見て取れた。

「創生さん、やっぱり合流して、軌道修正した方が……」

彩羽が創生に話しかけたそのときだった。

「おい」と、颯人の声が響いた。見れば、彼を置いて、亜希子が引き返してくるではないか。

「わっこっち来る」

急に振り返ったら、創生のたくましい胸板に思いっきり衝突してしまい、そのまま彼の腕に隠れる形になったのだが、一足遅かった。彼らに見つかってしまった。

「もう、あんたなんかいいわ。そんなに彩羽がいいんなら、さっさと告って付き合えばいいんよ」

亜希子はそう言って、創生の手を引っ張っていってしまう。

「行こう。創生さん」

「ええっ……！　待って。あこちゃん！　ちゃんと話をしよう！」

あっという間に彼らは校舎の奥へと姿を消してしまう。右往左往《うおうさおう》する彩羽に、

「いいって。ほうっとけばいい。こっちはこっちで楽しもう」

と、颯人が開き直って、彩羽の手を引っ張った。

男子の強い力には抗えず、彩羽はそのまま反対の方向へ連れ出されてしまったのだった。

——完全に決裂だ。

（どうしよう……！）

亜希子と創生の様子が気になるものの、振り返ることすらできない。せめて創生に連絡を取る隙《すき》があればいいのだが。

「ねえ、待って。神楽くん、いいの？」

強引に歩き続ける颯人に、彩羽は息を切らしながら彼に問いかけた。

「いいよ。あいつずっと怒ってるし、意味わからん。あいそないやん」

颯人は振り返りもせずにそう吐き捨てた。

あいそない……金沢の言葉で「つまらない」ということ。

そんなことを言われると、彩羽まで悲しくなってきてしまう。

彼は知らないだけだ。どれだけ亜希子が恋をしていて胸を焦がしているか。本当はどれ

ほど彼を大事に思っているか。

「でもね、あこちゃん楽しみにしてたんだよ。神楽くんと仲良くしたいんだよ。腐れ縁だっていうのは照れ隠しだと思うの。もっと普通にしたいんだと思うの」

切々と訴えかけると、颯人は立ち止まったかと思いきや、ため息をついて黙り込んでしまった。

「普通って何なんやろな」

「それは……」

これではますます気まずくなるだけだ。どうしたらいいだろう。何か言葉を繋げなくては。

焦っている彩羽を尻目《しりめ》に、颯人がやっと口を開いた。

「彩羽ちゃんは、工房のお兄さんのどういうとこが好きなん？」

「え？」

唐突な質問に、彩羽は目を丸くする。それに、颯人はからかっている様子ではない。真剣な表情だった。

「いつも一緒におるし、見てたらわかるよ。好きなんやろ？」

彩羽は今までの創生とのことを振り返る。

「うーん……なんて言ったらいいか」

顔が熱くなっていくのを感じながらも、すぐには答えられなかった。

「好きか嫌いか、なんとも思ってないか。三択やよ」

と、颯人は指を折り、三本指を突き出す。

「そう、なんだろうけど、一言じゃ表しきれないの」

「つまり、それくらい好きってことやな？」

「……うん」

頷いた途端に、顔全体に熱がひた走った。颯人と亜希子の話をしていたはずなのに、なぜか誘導尋問に負けてしまい、彩羽はため息をつく。

「告白してないうちから失恋決定か。残念。まあ、薄々わかってたことやけどね」

颯人は笑って言った。そして彩羽の手をようやく放した。

「ごめん。強く引っ張って。痛かったろ」

「う、ううん。大丈夫だけど……」

彩羽は掴まれた手を無意識にさすった。たしかに驚くほど強い力だった。あんなに取り乱した颯人を見るのも初めてだった。彼の心に吹き荒れる激しさを感じた。

「いつもこうなるのは、俺も悪いとは思ってる。巻き込んですまんかったな」

颯人の表情が憂いを帯びている。彼の本心は別のところにあるのだと、彩羽は察していた。

「神楽くん、まだ失恋はしてないでしょ」

「ん？　どういう意味？　俺と付き合う気になったってこと？」

軽い調子でごまかそうとする颯人を、彩羽は軽く睨《にら》んだ。

「違うよ。待ち合わせのときの振る舞いはわざとでしょ？　私のことは別に好きじゃないよね？　友だちとしての好きの意味じゃないよ。デート発言も、あてつけだよね？」

彩羽が追求すると、颯人は目を丸くし、きまり悪そうに首元に手をやった。

「はは。恐れ入った。バレてたんやな」

「すごいむりやり感があったから」

「彩羽ちゃんとデートしたいって言ったのは嘘《うそ》やないよ」

おどけたように颯人が言った。けれど、彩羽はそれには乗らず、真摯《しんし》に彼を追求した。

「今度は神楽くんが答える番だよ。あこちゃんのことどう思っているの？　好きか嫌いか、なんとも思ってないかの三択だよ」

颯人の真似《まね》をして指を折り、三本指を突き出し、彩羽は問い詰めた。

じっと見つめる彩羽の視線から、彼は逃《のが》れるようにそっぽを向いた。

「それ、答えたら、あいつに言うんやろ？」

「約束する。私からは言わない。ただ、本心が知りたいの。あこちゃんが傷つくのは見たくないの。そのために、私ができることを知りたいだけだよ」

目の前に回り込み、必死に訴えかける彩羽を見て、颯人はようやく観念したらしい。

彼は小さくため息をついて、逃げてきた方角へと視線を向けた。もうそこには亜希子の姿はない。

「正直に言うけど、あいつのことは……彼女にしたいとか考えたことなかったんやよ。他の遊んでる女の子とは違うと言うか別格というか。そういう目で見られんっていうか。大事な幼なじみだから、なんていうか、うまく言えへんけど……」

「でも、大事なんだよね?」

「そりゃあ」と颯人は言葉を詰まらせ、顔を赤らめた。耳まで赤くなった彼の様子を見て、彩羽はひどく感動していた。今までに比べ、明らかに彼の反応が違ったからだ。

彼は本音を語ってくれている。亜希子のことをなんとも思っていないわけではない。端的に言えば、ふたりは友だち以上恋人未満ということかもしれない。

彩羽は颯人に触れられた残存記憶から、彼の揺れている感情の色を読み取った。そこにはもう激しく吹き荒れる嵐《あらし》はとうに凪《な》いでいて、代わりに繊細な色が視えた。

木漏れ日の下、水たまりに落ちた紅葉が水面にゆらゆらと揺れているような色。光の加減で、黄色にも赤にも黒にも見える。絶えず揺れている。水の量は減っていく一方なのに、どの色にも定まらない。

彼は、きっと今の関係を変えるのが怖いのだ。その気持ちは、彩羽にもわかる気がした。告白することでうまくいっていた関係が崩れてしまったら……そう思うと怖い。それは、創生を想う彩羽にも思い当たることだった。

「壊したくない、穢《けが》したくない、ただそこにいてくれたらそれでいい……と思っとるんやけど……最近のあいつの様子見てたら、それは、俺の傲慢《ごうまん》な考え方なんかな」

と、颯人は肩をすくめた。

変化を求める彼女と、不変のままを願う彼。

彩羽は友だちとして亜希子の味方でありたいが、颯人の気持ちもわからないわけではなかった。

友だちの恋を応援したいと考えておきながら、片想いしかしたことがなく告白だってしたことがない自分はなんて浅慮だっただろう。こんな自分がアドバイスをしようという行為の方がずっと傲慢かもしれない。それでも、大事な人たちがうまくいくように、なんとか力になりたいと強く思う。

創生だったら、どんなふうに彼にアドバイスするだろうか。亜希子は今頃泣いているのではないだろうか。

そんな彼女を慰めているかもしれない創生のことを想像したら、少し胸がちくりとした。そんな自分の感情に驚き、落胆もする。なんてひどいのだろう。やきもちを妬《や》いている場合なんかじゃないのに。

ネガティブな感情が湧《わ》き出てくるのを打ち払いながら、彩羽は颯人の言葉を反芻《はんすう》する。傲慢で、自分勝手で……時々、手に余るような感情が湧き出てきたとして、それは絶対に否定しなければならないものなのだろうか。断罪されるべきものなのだろうか。

離婚した父と母、再婚した母と笹木《ささき》、彩羽はぼんやりと思い浮かべた。

恋にはいろいろな形がある。そして、恋は、綺麗《きれい》なものなんかじゃないのかもしれない。

綺麗でいなければならない理由はないのかもしれない。誰かが決めるものではないのだ。好きな人と想いを通わせたいと願うその気持ちは止められることなく、どんなにみっともなくても伝えたくなるものなのかもしれない。その人の心と通じ合いたくて、ずっと一緒に寄り添いたくて。

それこそが、人に恋をする、という在《あ》り方なのではないだろうか。

「若葉は、いつか色づいていくものだし、紅葉は、ずっと水たまりの上に揺れていられるわけじゃないと思うんだ」

視えた色を思い浮かべ、彩羽はただそれだけ言った。

颯人は首をかしげつつも、聞き入っているみたいだった。彼も何か感じるものがあるのかもしれない。

昨日は緑だった葉は、時を重ねるにつれ色づいていく。色づいた葉は水に落ち、やがて雨に沈んで、たとえ満ちたとしても、晴れの日には乾いて、どこかへ消えてしまうか、あるいは雪の下に朽《く》ちていくかもしれない。

美しいと思った紅葉は、来年また同じようにその場にあるとは限らない。一日一分一秒、絶えず変化していくものだ。

「神楽くん、一期一会《いちごいちえ》っていう言葉知っている?」

「突然やな。今も和歌みたいなこと言うし。そりゃもちろん。呉服屋の息子として、お茶も少々嗜《たしな》んでるしな」

「私もね、おばあちゃんからお茶を教わったときから、その言葉が大好きになったんだ。きっと神楽くんの友だちの田中《たなか》くんの恋も、一期一会だったんだなって、思い出してたの」

「田中は状況が状況やし……」

きまり悪そうに颯人は言った。

「あこちゃんだって、ずっと神楽くんのそばにある紅葉のままじゃいられないよ」

「あいつの怒った顔は、紅葉みたいやったけどな」

颯人はそう言って苦々しくもやさしく微笑んだ。そういう表情を、亜希子にも見せてほしいと、彩羽は切に願った。

＊＊＊

「彩羽ちゃん、ごめん！　私、ひどい態度を取って。八つ当たりなんかして」

あれからしばらく時間が経過したあと、創生と一緒に戻ってきた亜希子はそう言い、彩羽の前で勢いよく頭を下げた。申し訳なさそうに叱《しか》られた猫のような瞳を向けてきた亜希子を見て、彩羽は小さく微笑み、ううんと首を横に振る。隣にいた創生と目が合った。きっと彼のことだから、亜希子に何か言ってくれたのかもしれない。彼女も気が済んだのだろう。

「それより、約束……覚えてる？　私もがんばるから、あこちゃんもがんばって」

不安そうな顔をする亜希子の手を、彩羽はしっかりと両手で包むように握った。彼女の頼りなく震える心ごとぎゅっと支えられるように。逃げ出したい不安定な心に勇気を与えられるように。

「私の分の勇気を、今はあこちゃんにあげるから、全力で頼ってほしい」

逃げ出したかったとき、不安だったとき、大切な人が背中を押してくれ、手を握ってくれ、導いてくれた。たとえばあの夏の日。仙台にいる母に会いに行ったとき。創生に支えられ、亜希子に背中を押された。

受け身でいるばかりではなく、彩羽も大事な友だちのために力になりたいと強く思う。いまだかつてない凛《りん》とした彩羽の眼差《まなざ》しにあてられ、亜希子は濡《ぬ》れた瞳《ひとみ》を揺らす。そんな亜希子の瞳にも意志の強さが戻ってくる。彼女の心にきちんと届いたようだった。

「……うち、彩羽ちゃんと友だちでいてよかった。あんやとね。ものすごく、勇気出たよ。大好きやよ」

亜希子は泣きそうになりながらも、可愛らしい笑顔を見せた。彼女の言葉は、彩羽にとってもこれ以上にない幸せな言葉だった。

「私も、あこちゃんが大好きだよ」

応援の意味を込めて、彩羽は亜希子にそう告げた。

その後、とうとう告白をする覚悟を決めた亜希子を、彩羽と創生は離れたところから見守った。そうこうしているうちに校舎はオレンジ色に染まっていき、まもなく後夜祭がはじまる時間になってしまう。

あちこちで、告白している人たちの姿が見られる。皆が、思い思いに、意中の人への想いを告げるひとときを、やわらかな夕暮れの光が照らしてくれている。ざわっと風が木々を揺らす。夕陽《ゆうひ》とお揃いの色に染まった金木犀の強く甘い香りが、よりいっそう濃く漂っていた。まるで、恋をする人たちの想いをゆっくりと吸い上げるかのように。

「ごめん。今はまだ付き合うとかそういうの考えられん。急に変わるっていうのは無理やから。ただ、おまえのことは大事には思ってる。それも本当やから」

颯人の声が聞こえてきた。今度ははぐらかさずにきちんと本音を伝えられたようだ。

「わかった。正直に聞けてよかった。でも、そのうち考えてね」

亜希子は泣きそうな顔をしながらもそう言った。

（……あこちゃん）

彼らを見ていた彩羽は、無意識に両手をぎゅっと握りしめた。

「そのうちな」

颯人は照れくさそうに言ったあと、亜希子の髪をくしゃくしゃに撫《な》で回した。

「ちょっと……何すんの」

「おまえが萎《しお》れてるのはらしくないんやが」

「あんたがそうさせてるの自覚はないん？」

いい雰囲気になっていたはずなのに、またふたりは言い合いをはじめている。いつになっても懲りないふたりだ。

「どうしよう。また喧嘩《けんか》してるけど」

そわそわしながら見守る彩羽に、創生はのどかな声で言った。

「大丈夫やろ。今はちゃんと痴話《ちわ》喧嘩に見える」

ちゃんと痴話喧嘩というのも不思議な言い回しだが、たしかにさっきみたいな険悪なムードではない。ふたりの間にぴりついた空気もなければ、言葉にトゲトゲしさはなかった。不意に、地面に浮かび上がったふたりの影が仲睦まじくくっついていて、本人たちはぎゃあぎゃあ言い合っているのに、なんてアンバランスなんだろう、と彩羽は微笑する。

その影のふたりが、彼らの未来であればいいと願う。

「時には、時間が必要なこともあるやろ。それぞれの距離感やペースみたいなもんもあると思う」

その言葉を、彩羽も自分の心にしまい込んだ。

（私はどうだろう。もっと時間が必要？　それとも……）

それから亜希子と颯人が後夜祭に参加しているのを見守ったあと、彩羽は創生に係の片付けを手伝ってもらい、一緒にバスで帰ることにした。

彩羽も後夜祭に参加してみたい憧《あこが》れはあるが、後夜祭のダンスは在校生だけの特権である以上、叶《かな》えられないし、第一、好きな人に告白もしていない。

(告白……か)

亜希子が颯人に告白するとき、自分のことのようにドキドキした。どれほどの勇気がいったことだろう。

(すごいよ、あこちゃん。がんばったね……)

今、彩羽は高揚感に包まれていた。とても感動していたのだ。勇気を出したからこそ、新しい関係に進められたのだから。そして、少しでも彼女の力になれた自分を誇らしくも感じていた。

「今日のことが、いいきっかけになってくれるといいな」

「おつかれさんやったね」

と、創生が微笑む。

「創生さんこそ、お疲れ様でした。本当にありがとう」

彩羽は粛々《しゅくしゅく》と頭を下げる。自分が提案者だというのに不甲斐《ふがい》ないばかりに、巻き込んでしまったことがこの上なく申し訳なかった。それでも創生は気にしないといった顔をする。

「久しぶりに高校生に戻ったみたいで懐かしかったし、楽しかったからいいよ。今度、あのふたりを連れて、大学の学祭にも来ればいい」

「いいの？　楽しみ！」

「大学の雰囲気とか、進路の参考になるかもしれんし」

「たしかに……私まだ何も考えてなくって」

不意に、彩羽は祖母が持っていたアルバムのことを思い出した。亜希子と颯人のことで精一杯で、彼女との約束が守られていないこの状況。なにより、これから先も創生のことを想っていたいのなら、どうしても確かめたい、と考えていた。

意識したら、急に緊張してきてしまった。けれど、今のタイミングを逃したら、聞けなくなってしまうかもしれない。

一期一会だと、颯人に言ったのは、自分だ。亜希子は勇気を出して伝えたのだ。今度は自分の番だ。彩羽は活を入れ直した。

「あのね、私、創生さんに聞きたいことがあるの」

「ん？　改まってどうした」

「私たちって、小さな頃に会ったことがある？　そういう記憶が、創生さんにはある？」

すぐに答えてくれるだろうという期待はあった。しかし普段なら素直になんでも言ってくれる創生が口を閉ざした。そのことに彩羽は不安を抱く。

「なんでそう思った？」

創生は答えないまま問い返してくる。

彩羽は写真を思い浮かべながら、感じていたことを告げる。

「創生さんと私の小さい頃にそっくりなふたりが映っている写真を見つけたの。古いアルバムの中に……おばあちゃんが懐かしそうに見てた。本当によく似ていたから、他人の空似なんかじゃないと思うんだ」

「あー……それは、どうなんやろ。記憶はあまりない。けど、俺が言っていいことかわからん。正しくない情報を伝えてしまうかもわからんし。千恵子さんが話すべきことかと思う」

いつもまっすぐに言葉をかけてくれる創生にしては曖昧《あいまい》だ。彼としても告げ口をする形を取りたくないのかもしれないが、彩羽としては納得のいく回答ではなかった。不安がまたいちだんと大きくふくらんでいく。

なんとなく創生はこの話を続けてほしくなさそうだ。続けるのはやめた方がいいかもしれない。けれど、せめてひとつだけでも解決したい。

迷いながら、彩羽は口を開く。

「あのね、色々なことが気になってるけど、私が一番気になるのは、創生さんが、私のお兄さんなんじゃないかって……」

告げた瞬間の、創生の表情が気になった。全身から汗が噴き出しそうな緊張が走った。身を硬くして反応を待っていると、

「なるほどな。それで難しい顔をしてたんやな」

創生は彩羽の方を見て、力が抜けたような顔をする。

「創生さんがやさしいのは、私が妹だからっていう話じゃない？」

「それは、ないよ」

即座に彼は返事をした。

「ほんとに？」

「俺たち似とるけ？」

「……似てない、と思う。似てたら、私もっと美人だったと思う」

創生は破顔をした。

「そこ、笑うところじゃないんだけどな……」

「もし妹やったら困るし。もちろん悪い意味ではなく」

「どういう意味？」

「妹とは違う。女の子やよ」

どこか緊張したような、けれどやさしい声色に、胸のどこかが小さく跳ねた。

バスが停車する。車内が揺れて、創生に寄り添う形になった。爽《さわ》やかな彼の香りに、胸が締め付けられる。

彼の顔が見えない。感情が読めない。どんな気持ちで今の言葉を紡いだのだろうか。

告白、という言葉が、急に浮かび上がってきて、彩羽の体内温度が急激に上昇する。けれど、今、告白するのは違うのではないだろうか。

「わ、わかった。やっぱり、おばあちゃんに聞いてみる」

「うん。なんか困ったら、いつでも話は聞くけ。連絡してくればいい」

彩羽は頷く。

胸に在るもやもやをすっきりさせないうちには、何も行動できない。

今夜、勇気を出して祖母に聞くことに決めた。

＊＊＊

写真の件について、夕食のときに話そうと思っていた彩羽だが、すっかりタイミングを逃してしまった。

いざ切り出そうと思うと、心臓が口から飛び出しそうになって、我慢できず言葉を呑《の》み込んでしまうのだ。

あまつさえ、お味噌《みそ》汁に入っていたわかめに咽《むせ》ったり、箸《はし》から海老《えび》フライの衣がこぼれたりして、行儀が悪いと叱られてしまった。

（だめ。いつまでもこうしていたって仕方ない……！）

今日磨いた勇気スキルを役に立てるべきだ。

お風呂《ふろ》に入って身支度を整えたあと、千恵子が洗たく物をたたみ終えるのを見計らい、声をかける作戦に変更した。

そして今――お風呂上がりに髪を乾かし終えたところだ。千恵子は新聞を読んでいる。

鼓動が胸の内側を強く叩《たた》いている。いざ聞こうと思うとまた緊張してきてしまった。喉がからからに渇いている。

冷蔵庫に入っていた炭酸水をコップに注ぎ、それを彩羽は一気に飲み干して、気合を入れ直した。

「今ちょっといい？」

それとなく様子を窺い、彩羽は千恵子に声をかけた。

「どうしたの。そんな怖い顔して」

老眼鏡《ろうがんきょう》を外して、千恵子がこちらを見た。

「実は、聞きたいことがあるの」

「なぁに。話があるときは、立っていないで座りなさいな」

言われるがまま、彩羽はテーブルを挟んで千恵子の前に座った。

「おばあちゃん、この写真のこと、聞いたらだめ？」

彩羽が二枚の古い写真を差し出すと、千恵子は困惑した表情を浮かべた。

「その写真は……」

彩羽にそっくりの女性と、創生にそっくりの男性。ふたりが仲睦まじく並んでいる写真だ。

「ごめんなさい。アルバムを探して、見つけてしまったの」

「まぁ。彩羽ちゃんったら」

やはり聞かれたくないことなのだろうか。知りたいと思うことは、祖母を苦しめることになるのだろうか。でも、もう言い出したからには取り消せない。

「だめ……というわけではないのよ。でも、どうして知りたいと思うの？」

「そっくりだったから、創生さんと私が、どういう関係なのか……気になって仕方なくて」

手が震えるくらい緊張している彩羽に対して、千恵子は意表を突かれたような顔をした。それから祖母は皺の寄った目元を和らげた。

「ああ、そういうことなのね。彩羽。やっぱり創生くんのことを……」

「わ、私のことはいいの。とにかくどうなの？」

彩羽は照れ隠しに話を急《せ》かした。

「まず、あなたたちが兄妹ということはないから、安心しなさいな」

「本当に？」

「ええ。そんな大事なことを隠すなんて、酷なことはしないわよ」

その言葉に、彩羽はホッとした。創生が言ったとおりだった。しかしまだ気にかかることはたくさんある。

おずおずと視線を向けていると、

「まずは……お茶でも淹《い》れましょうか」

千恵子は言って、急須《きゅうす》と湯呑《ゆのみ》を手に取る。やっと話をしてくれる気になったらしい。

ふたりぶんの湯呑に番茶が注がれ、やわらかい湯気が立ち上った。

「何から話したらいいかしらね」

そう前置きをした上で、千恵子はテーブルに置いた写真の一枚に目を留めた。

「この写真は、若いときの私と、当時お付き合いをしていた彼のものやよ」

やっぱり、と彩羽は思った。

「おじいちゃんと出会う前？」

「……ええ。私が舞踊教室をやっていたときのお弟子さんなの。彼はまだこれで十六歳で、私が二十五歳のときね。私はまだまだ箱入りのお嬢さんで、反対に彼はとても大人びた少年よ。不思議と、年齢はあまり感じさせられなかったわ」

「年下のお弟子さん……」

写真の中ではにかんでいるふたりを見て、彩羽は想像を巡らせた。いったいどんなふうにふたりは近づいていったのだろう。

「けれど、色々あってお別れして、私はおじいちゃんと結婚した。その後、息子の春緒と、娘の香苗……大事な子宝に恵まれた」

千恵子は写真を見つめながら、遠い過去を懐かしむように目を細めた。

「一方、彼が結婚したのはずっと遅かった。三十代半ばのときね。それこそ十以上年の離れた若い奥さんをもらったのよ。お見合いやねんて。結婚してすぐ創生くんが生まれた。その翌々年には、私は彩羽ちゃんのおばあちゃんになっていた」

と千恵子は彩羽に微笑みかけた。

年齢の謎《なぞ》はそこで解けた。創生が彩羽の兄ではなく、血が繋がっているわけでもなかった。

「ただ、その後のことが複雑でね……創生くんが小さな頃にお母様が行方不明になってしまって、結局は離婚という形で……創生くんはお父様の方に引き取られたんよ。けど、お父様も病気で亡くなってしまった。親戚《しんせき》が後見人として面倒を見ると決めたのだけれど、お母様の件があったからか親戚にあまりよく思われてなかったみたいでね。身の置き場がないみたいやった。親戚の人とは私も面識があったから、話はどこからか耳に入ってきていたの。なんとかしてあげたいって思ったわ。けど、そう簡単にはいかなくてね……たくさん反対されたわ」

彩羽は創生を紹介されたときのことを思い浮かべた。小さな頃にお母さんがいなくなったという話は前に千恵子から聞いたことがあったが、そんな背景があったなんて知らなかった。当時の彼のことを思うと、胸が詰まる。

「でも、どうしても気がかりは消えなくて、創生くんが中学生になったとき、工房に興味を持っているっていう話を聞いて、ようやく親戚の方ともお話をして、うちに寄せることにしたのよ」

「そういう繋がりだったんだ」

彩羽は改めて写真を眺めた。

以前に祖母との繋がりがあって創生が和紙に興味を持ち、工房に弟子入りしたということは聞いていたが、どういう繋がりか彩羽は詳しく知らなかったし、深く疑問を抱くようなことはなかった。ただ、創生は家族のことを話したがらなかった。その意味が今わかった気がした。彼の両親も離婚していたのだ。仙台についてきてくれたとき、彼も何か思うところがあったのだろうか。

ふと、彩羽は疑問にも思う。最近になって引き取ったという話ならまだしも、もう一枚の写真が創生と彩羽なのだとしたら、元恋人とは、お互いに結婚したあとも頻繁に通じていたということになるのではないだろうか。

「こっちの写真の女の子は？　私……だよね？」

彩羽はもう一枚の写真を指す。

「ええ。彩羽ちゃん。隣にいるのが創生くんね。懐かしくて、ついついアルバムを眺めてしまったわ」

和《なご》やかに語る千恵子をよそに、彩羽は裏切られたような気持ちになっていた。

「これはおばあちゃんが撮影したの？　それともおじいちゃん？　私のお母さんとか……」

質問をぶつける彩羽に、千恵子は戸惑った表情を浮かべた。何か言いたくないようなことがあるように見えた。その予感を、彩羽はとうとう口にする。

「お付き合いしていた人が撮影したのね？」

千恵子は頷かない代わりに、ただせつなそうに微笑んだ。想いを馳《は》せているのだろうか。そんな祖母を見ていたら、彩羽はどうしようもなく苦いものが込み上げてくるのを感じていた。

不意に、祖父のことやマリアージュのこと、そして離婚した両親のことが思い浮かんだのだ。

「おばあちゃんは、おじいちゃんのことが好きだよね？　好きだったから結婚したんでしょう？　それなのに。それでも、いつまで経《た》っても、元恋人のことがいつまでも気になるの？」

込み上げてくる感情のままに、彩羽は質問を投げかけた。

「それは……」

千恵子はなんて言ったらいいか言葉を選んでいるみたいだった。しかし彩羽は待っていられなかった。

「かわいそうだなんて建前で、その人のことが忘れられないから、その人の子どもが欲しいと思ったんじゃないの？　それで、創生さんのことを引き取りたいって考えついたんじゃないの？」

　千恵子は創生のことをかわいそうだと思ったのかもしれない。かつて彩羽の両親が別離を選んだときのように。親を喪《うしな》った創生は、もっと辛《つら》かったに違いない。

　生き別れと死に別れ。どちらが果たして辛かったかなんて比べるものではないかもしれない。それでも、千恵子が元恋人の子にわざわざ手を差し伸べたのは事実だ。親戚や他の人から言われたのではなく、千恵子自らが選んだのだ。

　創生が高校生になったときからアパートでひとり暮らしをさせたのは、なぜだろうか。彩羽が知恵をつける前に、事実を隠すつもりだったのではないだろうか。きっと千恵子ならそんなことをしないと信じていても、心が拒絶している。そんなふうに嫌な方向に考えが傾いていってしまう。

「彩羽……誤解しないでほしいの。私はあなたのことが大事よ。大切な孫だもの」

　傷ついたような千恵子の表情を見て、彩羽は自分を落ち着かせようとした。けれど、祖母が説明すればするほど、言い訳のように聞こえてしまう。

　次から次へと溢《あふ》れてくる感情が爆発しそうになっていて、言葉が止められなかった。

「私、おじいちゃんの話をするおばあちゃんが大好きだったんだよ。マリアージュの言い伝えも何度も何度も噛《か》みしめた」

　金沢の茶屋街のひとつである『ひがし茶屋街』にある和紙工房『マリアージュ』。その名前の由来は、江戸時代生まれのご先祖様が、妻へのプロポーズの代わりに、この工房を贈り物にしたことからつけられたらしい。

そして、祖父も伝統を守り、一緒に工房をやっていこうと祖母にプロポーズをした。相思相愛《そうしそうあい》の祖父母のその話が彩羽は大好きだった。

離婚してしまった両親のことを思って悲しくなるときでも、そんなマリアージュにいられる自分は正しいのだと、ここは幸せが守られる場所なのだと、思っていられた。

ショックだった。

相思相愛だと思っていた祖父母がそうではなかったかもしれない。その現実が、両親の離婚にも繋がっているのではないかと、過去を後悔したくなった。せっかく母ともわかり合えたのに、すべてが覆されてしまう。

千恵子だけは味方でいてくれると信じていた。マリアージュだけは裏切らないと心を許していたのに。信じていたものがポキリと折れてしまった今、何を支えにしたらいいのだろう。

仕方なく現実を受け止めることと、心からその事実を認めることはまた別だ。彩羽は認められなかった。

「そんなの、ご先祖様が引き継いできたマリアージュの名前にふさわしくないよ。ひどいよ。おじいちゃんがかわいそうだよ。おばあちゃんは最低だよ」

祖母を傷つけたくなかったのに、言葉が口を衝《つ》いて出た。これ以上その場にいたら、もっとひどい言葉をぶつけてしまいそうだ。

彩羽はとうとういたたまれなくなり、立ち上がって部屋を飛び出した。

「彩羽ちゃんっ。待ちなさい……！」

千恵子が追いかけてくるのを振り切って、玄関のドアを乱暴に開ける。

「来ないで！　今は顔を見たくない」

彩羽は叫んだ。この昂《たかぶ》りをどうしていいかわからなくて、とにかく今は一刻も早く、家から離れたかった。

外にも千恵子の声が響いたが、高校生の足に、追いつけるはずがない。

どこに向かっていいかもわからなかった。けれど、自然と足は工房の方に向かって川沿いを走っていた。

時々人が振り向く。それでも構わずに走り続けた。

と、そのとき。

「彩羽」

うしろから腕を強く引っ張られて、彩羽は驚く。千恵子の声ではない。男の声だ。振り向けば、創生が息を切らしてこちらを見ていた。

「創生、さん……」

目の前に創生がいるということをすぐには理解できなくて、彩羽は混乱したまま彼を見る。

「何度もメッセージ送ったんやけど、反応ないから、心配なって」

創生の手に持たれていたスマホと、息を切らした彼の顔を見たら、張り詰めていた気持ちがとうとう我慢できなくなり、彩羽の目からたちまち涙が噴きこぼれた。

自分の存在意義がわからなくなっていた。そんな彩羽のことを、彼は心配してくれた。たまらなくなって嗚咽《おえつ》を漏らすと、創生がやさしく抱きしめてくれ、ますます彩羽は子どもみたいに泣きじゃくった。そのまましばらく創生があやすように背中をさすってくれていた。

「その格好だったら風邪《かぜ》を引く。戻ろう」

「だめ。今はおばあちゃんの顔見たくないの。ひどいことを言ってしまいそうになるから。ぜったいに会ったらだめなの」

千恵子のことを嫌いになったわけではない。自分が何を言い出すかわからない。それが彩羽は怖かったのだ。

次にひどいことをぶつけてしまったら、きっと後悔する。自分のことが本気で嫌いになるかもしれない。

創生が彩羽の手をやさしく握った。彼の体温が指先からじんわりと伝わってくる。それが、少しだけ彩羽の荒ぶった感情をなだめてくれる。

「そんなら、俺が話をしてくるけ。さすがに夜に飛び出して、千恵子さん心配するやろ」

諭《さと》すように創生が言う。

「でも……」

「大丈夫やよ。上着とそれからスマホ。必要なものを取ってきてもらう。落ち着くまで、うちのアパートに来るといい。ついでに、見せたいものもあるから」

「見せたいもの？」

「うん。大学の仲間から土産物《みやげ》もらったんやけど、食べきれない菓子とかもあるし。彩羽は好きやと思う」

ふわりと微笑みかけられ、彩羽はホッとする。

「……わかった。創生さんがいてくれるなら」

「決まりやな。まずは一旦《いったん》戻ろう。俺が千恵子さんに話してくるけ。彩羽は玄関のところで待っていればいいから。その間、これ着といて」

そう言って、創生はジャケットを脱いで、彩羽の肩にかけてくれた。彼の爽やかな香りがして、どうしようもなく胸が苦しくなった。

「あったかい……」

落ち着いたはずの涙が頬をすべっていく。

創生のやさしさが嬉しかった。でも考えてみたら、彼にもひどいことをしているようなものだ。

（創生さん、ごめんなさい。あなたを否定したいわけじゃないのに）

それでも、千恵子に向けた感情の先には、創生の存在があるのだ。そう思うと、どうしようもなく悲しかった。

＊＊＊
「ココアとコーヒーどっちがいい？」

創生にそう尋ねられ、彩羽は一瞬考えたあと、返事をした。

「……ココアで」

「了解。適当にしといて」

彩羽はそろりと部屋の中を見渡す。シンプルな1LDKの部屋だ。真ん中にはソファとテーブルが置かれ、テレビ台の前には工房あるいは大学で制作したと思われる和紙のオブジェが飾られている。パソコンデスクには難しそうな参考書などが積み上がっているが机は綺麗に整理整頓《せいとん》されていて、そこかしこに創生らしさが漂っていた。

彼はというと、キッチンに立ち、電気ケトルでお湯を沸かしてくれているらしかった。マグカップを二つ食器棚から取り出し、手慣れたふうにドリップの封を切っている。

あんまりじろじろ人の部屋を見るものでもなかった、と反省し、彩羽はそばにあったソファに腰を下ろした。黒地の革張りだがやわらかい素材らしく、ゆったりと身体《からだ》を包んでくれる心地よさがあった。

彩羽はようやくホッと安堵《あんど》のため息をついた。泣き腫《は》らした目元がひりひりしている。身体は冷え切ってしまったらしく、手先がかじかんでいた。

あれから創生が千恵子に説明してくれ、上着とかばんを受け取ったあと、創生のアパートに来ていた。

男の人の部屋に入るのは初めてだ。部屋全体が男の人の腕の中にいるみたいな、不思議な感じがする。創生の爽やかな香りが漂うからだろうか。そして彩羽自身にも彼の移り香がする。

さっきは感情的になってわんわん泣きじゃくっていたから周りが見えていなかったけれど、考えてみたら、子どもみたいに創生に縋《すが》り付いて、彼に抱きしめられていたのだった。思い出したら、自分の不甲斐なさに恥ずかしくなってくる。挙げ句の果てに成り行き上とはいえ、彼の家に転がり込んだのだ。

(うぅ……穴があったら入りたい)

今さら胃がきりきり痛くなってきて、彩羽はちんまりと膝を抱えた。

「少しは落ち着いたけ?」

創生の声が降ってきて、彩羽は弾かれたように顔を上げた。

「……ごめんなさい。みっともなく大騒ぎして……」

自分が自分ではないみたいだった。感情のコントロールというのは、思っている以上に難しいものなのだと実感する。頭ではわかっていても心が追いつかないとはこういうことなのだろう。そう客観視できるくらいには落ち着いてきていた。

「行ってみてよかった。えらい胸騒ぎがした。感情任せに飛び出して、事故とか事件とか巻き込まれるかもしれんし。女の子なんやから、もっと自分を大事にしないとやよ」

創生がため息をつく。彼も一段落してやっとホッとしたらしい。

「うん……」

「とりあえず明日は日曜やし、ちょうど午後は工房に入る予定やから、午前中に送っていくようにするから。千恵子さんにもそういう話しておいた。寝るところとか着替えとか、配慮するし、気になることがあれば何でも言ってくれていいから」

「ん、わかった。色々ありがとう」

なぜ創生はいつも助けてほしいときにいてくれるのだろう。彼のおだやかな声が、ささくれた心をほぐしてくれる。彼のやさしさに胸を打たれ、また泣きそうになるのを、彩羽はぐっと我慢する。これ以上、彼を心配させたくなかった。

創生は彩羽の隣に座って、マグカップを二つ置いた。それぞれから柔らかい湯気が立ち、コーヒーとココアの芳《かぐわ》しく甘い匂《にお》いが漂ってくる。

「どうぞ。やけどしないように気をつけや」

労《ねぎら》ってもらえるひとつひとつが胸に染み入る。何度も何度も抑えているそばから溢れ出しそうになる涙を堪《こら》え、彩羽はマグカップを手に取った。

「創生さん、過保護だよ。私のこと……大事にしすぎるよ。王子様すぎるよ」

彩羽が申し訳ない気持ちで創生を見やると、彼は面食らった顔をした。ほんの少し照れているようでもあった。

「それはな、お兄ちゃんやないかって聞かれたら、兄のような気持ちにでもなったんやないかな。知らんけど」

そう言い、彼は照れくさそうにマグカップに口をつける。

彩羽としては盛大に勘違いしていたことが恥ずかしくなってしまった。

「違ったやろ？　けど、それ以外のことにショックを受けているんやったら、きっと誤解があるんやと思う。千恵子さんもうまく伝えられなくて申し訳なかったって言うてたよ」

千恵子の哀しげな表情が脳裏に浮かんでくる。自分の感情任せに大好きな祖母を傷つけてしまったことを、今になって彩羽はひどく後悔していた。

祖母なりに事情があったかもしれない。ひとつひとつ丁寧に語ってくれたのだ。誰にだって過去の話は言いづらいことだってあるだろう。

それでも、割り切れない想いがまだ胸に中に溜《た》まっていて、考えるたびにお腹の中で蛇が蠢《うごめ》いているような、嫌な感覚が消えない。そこには、どうしても譲れない彩羽なりのこだわりが関わっていた。

「ひとつひとつ言葉にするといいよ。自分が考えてること、それから納得できんかったことは何か。言ってみな」

創生に促され、彩羽は自分の感情だけを素直に吐露しはじめた。

「……ショックだったの。おじいちゃんとおばあちゃんは相思相愛だって信じてた。憧れていたの。それがいつの間にか免罪符みたいになってた。そんな素敵な人たちから生まれた母が離婚することになったのは、父と母のせいで私のせいじゃないって思いたかったのかもしれない。私はバラバラになってしまった両親のどちらの手も取らなかった。どうしても、おじいちゃんとおばあちゃんの家にいたいって思ったの。変わらない愛情があるって信じていたかったの」

「……うん」

「だけど、真実を知って、信じていたものが崩れてしまった。そしたら居場所がないような気持ちになってしまった。ひょっとして、日頃から創生さんのことを見て、おばあちゃんは、昔の恋人のことを思い出してたのかなぁとか、おじいちゃんのことは結局どうだったんだろう。心の中で裏切ってたのかな。忘れるために仕方なく結婚したのかなとか。私のこと本当は可愛くなかったのかなとか、両親が離婚したのは、そもそもおばあちゃんがそうだったからなんじゃないかとか。色々なこと考えたら、たまらなくなったの。一途でいてほしかった。私のおばあちゃんでいてほしかったの」

子どもっぽいことを言っている自覚はある。自分勝手な言い分かもしれない。けれど、彩羽にとっては大切なことだった。

マリアージュと祖父母の純愛は、たったひとつだけ自分の心を奮い立たせる柱だった。自分の存在を肯定してくれるたったひとつの拠《よ》りどころだったのだ。

しばらくふたりの間に沈黙が流れた。

「彩羽が感じてること、それは彩羽の自由だ。そういうふうに主張する権利があると思う」

創生はそう言った上で続けた。

「そのときはどうしようもないことも、時間が経てばどうにかなることもあるし、時間が経ってからじゃないとわからないこともある。ただ、俺たちはそれを知る術《すべ》が、あとにならないと手に入れられないだけなんやよ」

その言葉に、彩羽は顔を上げた。創生も同じような経験があったのかと思ったのだ。

創生は立ち上がって一冊のアルバムを持ってきた。彼はそれを開いて、彩羽の目の前に差し出す。

「これ……」

目を引いたものは、古い写真だった。あの、若い頃の千恵子と、恋人だったという若かった頃の創生の父。さっき祖母に見せたものとまったく一緒だ。

彩羽は弾かれたように顔を上げ、創生を見た。

「私、これを見たの」

「ほんなら、同じ写真を連続で撮ったか、あるいは二枚ずつ焼いたのかもな。剥《は》がしたあとがあって、後から父が遺《のこ》した道具箱からこれが出てきた。すぐにわかったが。これは千恵子さんで、こっちが父だって」

彩羽は息を呑んだ。つまりそれは、彩羽が知るよりずっと前から、創生は事実を知っていたということだ。

呆然として脱力していると、創生が言った。

「生前の父に昔世話になった人だと聞いたことがあった。それで、千恵子さんが引き取ってくれることになって、ああこの人見たことがあると思ったんや。それで、俺も、恩を感じながらも、心のどこかで父と千恵子さんの不貞を疑ったし、彩羽のことも父の子なんやないかって考えたこともある。工房に入りたての頃は、疑心暗鬼《ぎしんあんき》にもなってたしな」

それを聞いて、彩羽は数年前に初めて創生を紹介されたときのことを、思い出していた。たしかに中学の頃の創生は、今と違ってぴりついた空気があったかもしれない。クールというよりは人を警戒しているような冷たい感じがあった。そういう背景があったのなら彼の態度にも納得がいく。

出会ったばかりの頃、彩羽のことをあまりよくは思っていなかったのかもしれない。そう考えると、胸のどこかがちりっと痛くなった。

「そのとき、創生さんは苦しくなかった？」

「もちろん苦しかった。母が行方不明になったのも、それが原因かとも思ったりしたしな。

けど、そうやない……違《ちご》うた。それを、千恵子さんは彩羽にもなんて伝えていいかわからなかったんやな」

創生は言ってマグカップをテーブルに置き、彩羽の方に向き直った。

「ここからが大事なことやから聞いて」

自然と、彩羽は頷いていた。

「千恵子さんはな、弟子だった俺の父との恋愛を周りから反対されてた。そのことが原因で破門にされてしまった父が後々苦労してたことを知っているから、その罪滅ぼしのつもりで、独《ひと》りになった俺を気にかけてくれていたんやって。これはかいつまんだ内容やから、実際はもっと色々なことがあったんやと思うよ」

『色々あってお別れをして……』『……たくさん反対をされたわ』彩羽は千恵子が何かを言いづらそうにしていたことを思い浮かべる。祖母にとって辛い記憶だったのかもしれない。ごまかしたかったわけではなく、振り返りたくなかったことなのかもしれない。

（そんなこと、知らなかった……）

罪悪感が心の底から込み上げてくる。何を言っていいかわからなくなった。

「それとな、彩羽にとって一番大事なところやから聞いてほしい。誤解していると思うんやけど、当時、交際を反対されて傷ついていた千恵子さんに、昭太郎さんが結婚しませんかってプロポーズしたんがやて。それに感動して、この人なら一緒になってもいいって思ったんやて」

創生が言って、やさしく微笑みかけてくる。

「それは……仕方なく他の人と結婚したわけじゃなく？　おじいちゃんを好きになったということ？」

希望の光に手を伸ばすように、縋るような想いで彩羽は創生に問いかけた。彼は即座に頷いてくれた。

「ああ。それが真実。そして、父も千恵子さんには申し訳なく思ってたし、気にかけてた。感謝してた。それは人情としての情けで、愛情の愛ではないって言うてたよ。世界で一番愛しているのは、おじいちゃんのことだって。だから、マリアージュは昭太郎さんから千恵子さんに贈った大事なものに変わりない。ふさわしいと思う」

彩羽は千恵子にぶつけた言葉を振り返っていた。

『そんなの、ご先祖様が引き継いできたマリアージュの名前にふさわしくないよ。ひどいよ。おじいちゃんがかわいそうだよ。おばあちゃんは最低だよ』

思わず彩羽は両手で顔を覆った。

「私、何も知らなくて。おばあちゃんにひどいことを言った」

最低なのは、自分の方だ。勝手に勘違いして、ひどいことを言って、千恵子のことを慮《おもんぱか》ることができなかった。

「仕方ないことやと思う。知らなかったことなんやから。親の事情なんて子どもには正しく伝わらないことのほうが多いやろ。だから、彩羽が感じたことをそのまま伝えればいいよ。悪かったと思うなら謝ればいい。気になることがあれば、もっと話をすればいい」

「どうしよう。顔を合わせづらい」

彩羽は目を伏せた。

「いつもどおりでいいんやないの。金太郎飴食べる？　とかなんとか言うて、きっかけ作れば」

そう言って彼が差し出したのは、金太郎飴だった。

黄色の枠の檸檬の味と水色の枠の薄荷《はっか》味の二種類。文化祭の和風喫茶でもお客さんに提供したものだ。帰り際にクラスメイトに声をかけられ、余剰分の在庫をそれぞれ彩羽と創生はひとつずつもらっていたのだ。

彩羽が顔を上げると、創生は微笑んでいた。

「私これ好き……毎日食べるくらいだよ」

「そう、好きっていう気持ちは、別にひとつに絞らんでもいいんやないかなって思う。もちろん同時進行の二股《ふたまた》とかそういうんやないよ。ただ、この人へはこの愛情、この人はこの友情、過ぎた時間に感じた想いは、否定しなくてもいいやないかなって。きっと、周りがどうこう言わんでも、自然とゆっくり消化して、その人の礎《いしずえ》になって、歴史になっていくんやろうから。未来の人がどう感じるかもそれは自由やしな。すべてを理解しつくすことは難しい。ただ、歩み寄ることはできると思うんやよ」

はい、と金太郎飴が手のひらにころんと転がってくる。それを彩羽は口の中に含ませながら、今聞いた創生の言葉をゆっくりと噛みしめていた。

そして、そんなふうに考えられる思慮深くやさしい彼のことが、やっぱり好きで、今日またもっと好きになった。

「哲学者みたいだね、創生さん」

「そんな大層なもんやないよ」

自覚がなかったのか、照れくさそうに創生は金太郎飴を噛んだ。彼が選んだのはミント味だった。

もし今夜ひとりぼっちだったら、きっと胸の痛みに耐えられずにいた。そして吐き出すこともできなかっただろう。

(私、創生さんを好きでよかった……)

この想いを、彼にいつか伝えていいだろうか。

千恵子がかつて彼の父に恋をしたときのように。そして、祖父を愛したときのように。

創生が言ってくれたように、色々な好きの気持ちを、彼に伝えてもいいだろうか。

涙が混ざったせいだろうか。舌にじんわりと広がっていく檸檬の味が、やたらに甘酸っぱく染みてならなかった。

＊＊＊

翌日の朝、身支度を整えたあと、ふたりは千恵子のいる家に戻る前に、アパートの近くにある神社へと足を運んでいた。あの写真に映っていた神社に違いないと、創生が言ったからだ。

神社は県内でも比較的大きなところだ。日曜日の午前中ということもあり、親子連れが多く見受けられる。七五三の写真撮影の前撮りを行っていた。

華やかな着物や袴姿の女の子と男の子、我が子の成長に目を細める親たち。そして、工房でも納品した千歳飴も並んでいる。

彩羽は鳥居の前で立ち止まる。

今見えている風景と、色あせた過去の風景では、まったく同じというわけではないけれど、彩羽の持つ『共感覚』が不思議と研ぎ澄まされていくのを感じていた。

神社の神聖な空気がそうさせるのだろうか。それとも、自分の心が落ち着いているからだろうか。

ささやかな愛《いと》しい時間の、おだやかであたたかい色が視える。風は冷たいけれど、紅葉のように艶《あで》やかな明るい色だ。じっと感じていたら、笑い声すら聞こえてきそうだった。

「どうした？」

創生に声をかけられ、彩羽はハッとする。自分の世界に入り込んでしまうところだった。色が視える、という感覚は、創生には打ち明けてはいない。彼なら理解してくれるかもしれないという信頼がある一方、気味悪がられるのではないかという不安があるのも事実だった。

けれど、いつか彼にだけは知ってもらいたい。そのときは、自分の気持ちを告白するときかもしれない。そんなふうに思う。

「ここで撮ったのかな」

「おそらくな」

創生がそう言い、朱色の鳥居を見上げた。本殿はこの先にある。色あせた写真の中のふたりと、現在の子どもたちを見比べ、当時のことを想像した。

「俺の母親は生まれてすぐにノイローゼになって、五歳くらいのときに出ていったらしい。急に男手ひとつで育てることになって、子育てのことをよくわからなかった父は、千恵子さんに助けられていたのかもしれんなって考えてた。その頃には、新しい流派の名取になってたらしいんやけど、今度は師範に認定され、門下生のことでも頭いっぱいで、きっと、自分の子の七五三のことも気が回らなかったんやないかな。父は俺から見ても色々と不器用な人やったから」

千恵子は日舞の才能に恵まれていたらしく、二十代前半に有名な家元流派の名取になり、教室を開いて少人数の門下生に教えていたが、その後、師範の資格を取ったあとに弟子を迎え入れた。それが二十代半ば頃、年若い恋人との出会いだった。

孫の自分から見ても、若いときの千恵子は美しかったし、きっと十歳も年上の綺麗な女性のそばにいて、憧れていたのではないだろうか。

反対されて破門になってしまった大恋愛に至った経緯も、それでも大事にお互いを思いやっていたことも、興味本位というわけではなく、千恵子の口からきちんと聞きたい気がした。

「どんなふうに、ふたりは引き合わせられたのかな」

「今の彩羽にならら、きっと教えてくれる」

創生の言葉に、彩羽は微笑んで頷いた。

「そうだといいな」

それからふたりは揃って参拝し、しばらく神社内の庭園を散策してから、彩羽の実家に向かうことにした。

自分が住んでいる家なのに、どこかよそよそしく感じる。勇気を出してチャイムを鳴らすと、ドアに手をかけるまでもなく、千恵子が慌てたように出迎えた。

「彩羽……っ」

ちゃんと眠ったのだろうか。目の下に隈《くま》ができている。いつも身なりには気をつけていて出かけないときでも綺麗に整えているのに、髪にも気に留めていないみたいだった。

「おばあちゃん、昨日は……ごめんなさい」

「この子はもうっ。ほんとに、心配したんやよ」

涙を滲《にじ》ませながら、千恵子が彩羽の肩をやさしく抱く。取り乱した祖母を見たら、彩羽まで泣きたくなった。

「創生くん、彩羽のことあんやとね」

「いえ。ほんなら、俺はこれで……」

創生は気を遣ってくれ、すぐに帰ろうとしたのだが、千恵子が即座に彼を引き止めた。

「待って。創生くんも一緒に聞いてくれんけ？　その方が、きっと彩羽もいいやろ？」

彩羽は創生に申し訳ないような気がしたが、彼がいてくれた方がたしかに冷静にいられるかもしれないと思った。

「創生さんが、迷惑じゃなければ」

「迷惑なんて思ったことない」

柔らかな声に、心が救われる想いがした。

「さ、ふたりともお上がりなさいな。外は寒かったでしょう。お茶を淹れるわね」

千恵子はそう言って台所へと向かった。

彩羽は創生と一緒に居間のテーブルの前にそれぞれ座った。

しばらくして湯呑が三つ並べられ、緑茶の香ばしい匂いと湯気が漂った。急須を置いた千恵子が、彩羽と創生のふたりを見た。

「何から話をしましょうか。彩羽ちゃんが知りたかったことを話して、誤解があれば解いておかねばならんね」

それから改めて、創生から聞いたことを千恵子の口から聞くことができた。

神社の七五三の成り行きについては、創生と彩羽がそれぞれ想像していたとおりだった。

千恵子が提案し、彩羽を連れて創生と引き合わせたのだそうだ。

恋はそのときにはもう友情になっていた。苦楽をともにした師範と弟子として、お互いが大事な存在であることには変わりない。何かあれば助けてあげたいという気持ちでいたのだ、と。

「師範として至らなかった私の罪滅ぼしという部分はあったかもしれない。けれど、それをひっくるめて純粋に、あのひと……誠司《せいじ》さんには幸せでいてほしいと思っていたわ。だから、創生くんには誠司さんのぶんまで、うんと幸せになってほしいんやよ」

そう言い、千恵子は創生を見つめた。彼の中に、元恋人のことを重ね、そのうえで親子を慮ったのかもしれない。それは、創生がアパートで言ってくれたように、様々な情からくる好意なのだろう。

「彩羽、心配させてごめんなさいね。本当に、私は昭太郎さんのことを愛しているわ。あなたのおじいちゃんのことが世界一大好きよ。このマリアージュは宝物。あなたも含めてね―」

千恵子の瞳に光るものがあった。嘘偽りのない言葉だということが伝わってくる。

「話してくれてありがとう。おばあちゃん。そんな大切なことだったのに、勝手なこと言ってごめんなさい」

彩羽が素直に言うと、千恵子はにこやかに微笑んだ。

「いいのよ。当然のことやもの。私がきちんと話をしておくべきだったの。ね、創生くん」

「俺も話を聞けてよかったです」

と、創生は頷いてみせた。

「ところで、昨夜ふたりは大丈夫やったよね？」

突然、千恵子が声を潜め、彩羽と創生の顔を交互に見比べた。

「え？」

彩羽は意味がわからず首をかしげる。

「ほら、保護者としては、別のことも心配で……もちろん信用しとるし、ふたりのことは何があっても応援するつもりやけど」

その言葉の意味をよく考えたあと、彩羽は目を丸くする。瞬く間に顔に熱が走った。

「や、やだ、何言ってるの！　おばあちゃん。盛大な勘違いはしないで。色々気を遣ってくれた創生さんに失礼だよ」

彩羽はひとり焦って訂正する。いっそ創生が訂正してくれたらいいのに、彼は沈黙したままだった。

「そう？　お似合いやと思うのにね」

千恵子はのどかな声を漏らす。

心配と言う割にはがっかりしたように言うのはなぜなのだろう。とうとういたたまれなくなり、彩羽は創生に助け舟を求めた。

「ねえ、創生さんも何か言って」

「いや、心配になるようなことはもちろん何もないですよ。大切なお嬢さんですし……」

創生は取り乱すことなく、ただ苦笑いするばかりだ。それもちょっと悔しい。それに、大切なお嬢さんという言い方にきゅんとしてしまう自分もどうかと彩羽は思う。

こんなとき叔父《おじ》の春緒がいたら、なにか別の話題を振ることができたのに。いてほしいときに姿が見えない。

ひとり慌てふためいている彩羽を尻目に、

「そうそう、写真、持っていてもいいわよ」

千恵子は言って、彩羽と創生の小さな頃の写真を差し出した。

「七五三のときの写真、だよね」

「ええ。ほんとうに可愛かったわ。ふたりで手を繋いで。ほんとうの兄妹みたいだった」

遠い記憶を愛おしむように、千恵子は写真を見つめた。そしてすぐハッとしたように顔を上げる。

「兄妹みたいっていうのは心外よね。彩羽ちゃんの気持ち考えたら……いやだわ、こういうところがよくないんのよねぇ」

「おばあちゃん！」

とっさに彩羽は口を挟む。そのまま聞き流していたら、また余計なことを言い出しそうだったからだ。千恵子は申し訳なさそうに肩をすくめた。

彩羽は千恵子が触れた写真から、あたたかな色が漂うのが視えた。とてもやさしくあたたかな記憶が紐《ひも》解かれていくような。

誤解したままでいなくてよかった、と彩羽は心から思った。

「なんや。朝から賑《にぎ》やかにしとると思ったら、思い出話してたんか」

春緒が今頃ふらっとやってきて、三人の顔を眺めた。

「そうそう。ちょっとね。懐かしい話をしてたの」

千恵子が春緒にも写真を見せる。

「あー可愛い盛りやったねぇ。俺の小さい頃にそっくりやな」

写真を目にした春緒がたちまち表情をほころばせる。

「まぁそうね。彩羽ちゃんはおじいちゃん似だからね」

「え、そう？　おじさんに似てると思ったことないよ。おばあちゃんの若い頃に似てるなって、私自身は思ったけどなぁ」

彩羽が春緒と昭太郎の顔を見比べていると、春緒は複雑そうに顔を歪《ゆが》めた。

「そう嫌がらんでもいいやんか。寂しいやろ」

「嫌とは言ってないよ？」

「まぁまぁ。小さな頃は、家族のいろんな人に似てるもんよ。赤ん坊のときから物心つくまで子どもは百の顔を持っていうわ。それとは関係なしに、皆が自分に似ていてほしくて似ているところを探すのよ」

ふふっと楽しそうに千恵子が笑う。

彩羽は隣にいる創生のことがふと気になり、彼を見つめた。

彼は前から写真のことは知っていた。彩羽よりもこの家のことに詳しいのは、彼がいつも客観視しているからなのだろうか。それともひとりで抱え込んでいるのだろうか。

創生は家族がいる彩羽と違い、今はひとりきりだ。

蚊帳《かや》の外に置いてしまってはいないかと心配になり、彩羽は創生に声をかけた。

「創生さんは、うちに来てよかった？　寂しく……ない？」

皆の視線が一斉に創生に集中する。もうちょっとふたりのときに聞けばよかったかもしれない。言葉にしてから気づいたが、すでに遅かった。

変なことを聞いてごめんと謝ろうと口を動かす彩羽に対し、創生は意表を突かれたような顔を浮かべるものの、気分を害してはいないようだった。

「春緒さんのこと父親代わりに思っとるし、今は賑やかで寂しくはないよ」

彼はおだやかに言った。その声色にはやさしい音が伴っているようだった。彩羽の胸の中心にある琴線《きんせん》に、そよ風のような軽やかさで触れていく。彼の言葉はとても嬉しかった。

しかしそんな彩羽よりも先に反応したのは、叔父の春緒だった。

「そうやろう?」

と、有頂天顔で頷いた。

「褒めてるんじゃなくて、喧《やかま》しいっていう意味なんじゃないのかな」

「ああ、それも全部は否定せんけど」

創生が肩をすくめると、春緒はがっくりとうなだれていた。

「ひどい話やなぁ。俺は師匠なんやぞ」

「いつまでも騒々しいからやないの。もうちょっと師匠らしい貫禄《かんろく》があればいいんやないの。お嫁さんをもらって」

千恵子にもダメ出しをされ、春緒は立つ瀬がないみたいに大仰にため息をついてみせた。

「なんで嫁さん見つからんなんやろ。いい男やねんけどなぁ」

そんな親子のやりとりを眺めながら、彩羽は創生の母のことが気になっていた。

聡《さと》い彼なら、今回の件のように色々知っていてもおかしくはない。行方不明になってその後どうしているか、彼はわかっているのだろうか。しかしせっかくのいい雰囲気に水を差すことになりそうで、話題に出すのは憚《はばか》られた。

万が一にも生死に関わる話であれば、彼を無神経に傷つけてしまうかもしれない。

人には触れてほしいことと、触れてほしくないことがある。そして簡単には理解しきれないこともあるのだと学んだばかりだ。

夏の七夕のとき、創生は彩羽を励ましてくれた。あのとき彼はいったいどんな想いを抱いていたのだろうと振り返る彩羽だった。

「解決してよかったな」

春緒と千恵子が昔話に花を咲かせはじめたのを見計らい、創生がこっそり耳打ちをしてきた。相変わらずの彼のやさしさが、今まで以上に胸に染み入った。

「創生さんは……」

行方不明の母親のことを今どう思っているのだろうか。考えない日はあっただろうか。今でも本当に恋しくないだろうか。せめて彼の心に住み着いている孤独を少しでも癒やしてあげられたらいいのに。

そんなふうにもどかしい想いが胸に広がってきて、見えない水平線へただあてもなく泳ぎ続けているみたいな、苦しい気持ちになってくる。

「ん？　どうした？」

「私がずっと一緒にいるよ」

思いっきり酸素を吸い上げるみたいに、気づけば、口を衝いて出ていた。

「え……」

創生は目を丸くして彩羽を見つめ返す。彼らしくもない気の抜けた声が漏れ出ていた。

「創生さんのそばに、私はいる。今度は私が力になるよ。だって私……創生さんのこと好きだから」

励ましてくれた御礼に、励ましてあげたくて、彩羽は素直に伝えたつもりだった。

目の前の創生の顔が、みるみるうちに赤く染まっていた。彼は戸惑ったように視線を外した。初めて見る表情だったかもしれない。

(あれ……私、今、なんて……言った⁉)

変な意味で言ったわけではなかったつもりだった。

不意に、また告白という言葉が脳裏をかすめ、彩羽はハッと我に返る。たちまち顔に熱が走った。

幸い、千恵子と春緒には聞こえていないようだ。

「あっ……あの、違うの。違わないけど、あの、そういう意味じゃなくて。待って。私、何言ってるんだろう。今の取り消し」

言った本人が混乱している。どさくさに紛れて告白じみたことになっていて、どう否定したらいいかわからない。

好きは好きだ。創生のことをひとりの人として好ましく思っている。でも異性として好きと伝える場面としてはふさわしくない。そんな流されるように簡単に告白したと思われてしまったら、それも心外だ。

「なんで？　取り消さなくてもいいのに」

創生が小さくつぶやく。ともすれば消え入りそうなほどのささやきだったが、たしかに彼はそう言った。

「え……」

今の彼の発言はどういう意味だろうか。創生と見つめ合って何秒だっただろう。彼の瞳の奥に吸い込まれるように、彩羽はやわらかな沈黙にただ身を委《ゆだ》ねていた。

鼓動が耳のそばまで響くくらい、せり上がってくる。

澄んだ彼の瞳に囚《とら》われたまま、身動きできなくなっていた。

完全に思考が停止し、言葉まで失ったままでいると、春緒の声が割って入った。

「創生くん、少し早いんやけど、これから工房行けるけ？　今日は早めに仕込み入れたいんやわ」

「あ、はい。大丈夫です」

ふたりの間に流れていた空気が、ぱっと花びらのように散った。鼓動だけがいまだ早鐘を打っている。全身に熱が広がっていく。

創生は彩羽の方を一瞥《いちべつ》し、それから作業現場へと向かった。彼の爽やかな残り香に、彩羽は胸がよじれそうになるような甘い感傷を抱く。心臓が今にも胸から飛び出して行きそうだ。

（びっくり……した）

春緒が来てくれなかったら、どうなっていたかわからない。

手も指も膝までもが震えている。ともすればその場でかくんと地面に頽《くずお》れそうになるのを必死に堪えながら、彩羽は自分の中を支配し続ける熱にひたすら身悶える。

『取り消さなくてもいいのに』
冷静さを欠いた頭の中では、甘さを孕《はら》んだ創生の言葉が、いつまでも鳴り響いていた。

第四章　雨上がりの虹色ブーケ

冬は、障子紙やインテリア内装の注文が増える。他《ほか》には、結婚式用のブーケや特注のドレスなんかもある。そんなある日、ブーケの注文を受け、工房では華やかな制作現場が見られた。

「素敵。マリアージュの名にかけて、いい縁を生み出せるといいな」

お茶を出しに来た彩羽《いろは》が作品を見て頬《ほお》をほころばせると、春緒《はるお》と創生《そうせい》もつられたように笑顔を見せた。

「工房の人間は、色々なこだわりを持つ者が多い。けど、共通することといえば、お客さんが幸せになってくれることやからな」

春緒が誇らしげに胸を張る。

「珍しくおじさんがいいこと言った」

彩羽は春緒を揶揄《やゆ》するように声を上げた。

「いつでもいいこと言うとるがや」

叔父《おじ》と姪《めい》はいつものとおり仲がよく、そして創生とも相変わらずの関係だ。

秋の終わりに聞いた、彼の意味深な言葉を追求するわけでもなく、彼から説明があるわけでもなく、彩羽は変わらず彼に片想いをしている。

あと二週間もすれば冬休みに入る。皆が目前のクリスマスの予定で浮かれているところだが、彩羽はクリスマスよりも二十六日の創生の誕生日の方を気にかけていた。

『創生さんの誕生日に告白するっていうのはどう？』

亜希子《あきこ》に背中を押されたものの、彩羽はいつまでもタイミングを掴《つか》めずにいた。

彼女はというと、颯人《はやと》とこのところいい関係にあるようで、付き合いはじめるのも時間の問題みたいだった。本当の意味でのダブルデートが叶《かな》えられるといいね、と話をしていたのだが。

この調子ではいつになることやら……と、彩羽は自嘲《じちょう》する。亜希子と颯人のときには偉そうにアドバイスをしたくせに自分のことになるとどうもうまくいかない。意気地がない自分が悪いのだけれど、タイミングを逃《のが》すとどこまでもタイミングが掴めないまま流れていってしまうらしい。

そういう下心抜きに、創生の誕生日には何かをあげたいという気持ちがある。彼にはいつもお世話になっている。その感謝の気持ちを伝えたかった。

(創生さんが欲しいもの……)

彩羽は今までのことを振り返った。

食べ物や文具など、ちょっとしたものが多かった。彼が気を遣わずに受け取ってもらえるものがいい。今年は何が良いだろうか。

春緒が立ち上がったのを見計らい、彩羽は創生に声をかけた。

「もうすぐ創生さんのお誕生日だよね。二十六日。何か欲しいものはない？　今年はリクエスト制にしようと思って」

考えてみたら、彼の方こそ気を遣ってくれていたのかもしれない。いらないとは言わない代わりに断らない。だから、彼が本当に欲しいものが知りたかったのだ。

「欲しいものか、思い浮かばないな」

創生はこちらを見ずにそう言った。彼の手元では忙しく作業が続いている。和紙の花のブーケだ。色付けはまだされていない。試作の段階のようである。忙しいところ邪魔してしまっただろうか。

「ブーケ作り？　贈り物の依頼？」

彩羽が尋ねると、創生の手が一瞬だけ止まった。

「実は……母が再婚するらしいんや。それでブーケを送ってやろうと思ってな」

それを聞いて、彩羽は驚いた。

触れてはいけないと思い、創生には聞けずにいたが、母親との接点があったとは思わなかった。

「お母さんの居場所、わかったんだね」

「三年前に金沢《かなざわ》に戻ってきてたらしい」

創生はまるで他人事《ひとごと》のようにさらっと言った。

「そう。再婚……するんだ」

彩羽はそれ以上何を言ったらいいかわからなくなり、創生の様子を窺《うかが》う。

彩羽と両親の例もある。再婚は、必ずしも周りの人にとっていいことだとは限らないからだ。けれど、ブーケを送ろうとしているということは、創生なりに気持ちの整理がついているのだろうか。

「千恵子《ちえこ》さんが教えてくれたんやよ。居所がわかったのはけっこう前なんやけど、しばらく様子を知りたくて文通していたんやって」

「そう、だったんだ」

「うん。再婚することになって昔のことを気にかけていたとか。その上で、招待状が届いたことを、教えてくれた。どういうつもりなんかな。まさか息子を捨てた身で向こうからは会いに来られないから呼び出す機会にしたかったのか。理解はできん」

淡々と語る創生の声色には特別な感情は見られない。けれど、彼は目を合わせてくれなかった。

この間、亜希子が思い出したかのように文化祭で創生と一緒だったときのことを話してくれた。彼女の気が済むまであちこち校内を付き合ってもらったあと、ちょっとした世間話のような流れで、創生の家族の話を訊《き》いたのだとか。

『工房のおじさんや彩羽ちゃんのおばあちゃんのことは色々話してくれたけど、あんまり両親のことは話したくないみたいだった。特にお母さんのことを尋ねたら、顔色が変わったっていうか、いつもと様子が違うっていうか……』

創生はずっとひとりで悩んでいたのだろうか。そう考えたら、胸が急に重たくなった。

「……それで、結婚式には行くの？」

彩羽は迷いながら慎重に問いかけた。

「いや。行方《ゆくえ》不明になってから一度も会《お》うたことないし、顔も覚えてない。あくまで招待状は千恵子さん宛《あて》だしな。普通に考えたら元夫との子どもを招待なんかしないやろ。だから結婚式は行く気はない。ブーケは……いわゆるけじめみたいなもんやな」

創生はそっけなく言った。祝福の餞《はなむけ》というよりも永遠の別離を意味しているようにも感じられた。

そんな彼の様子を見つめながら、彩羽は先日、母の香苗《かなえ》が元気になって千羽鶴を持ってきてくれたことを思い浮かべていた。創生も一緒に喜んでくれたことが記憶に新しい。

あの七夕《たなばた》の日のことがなければ、彩羽は香苗のことをずっと誤解したままだった。子の気持ちをすべて親が掌握《しょうあく》しているわけではないのと一緒で、親の気持ちを子がすべて理解できるわけではない。

ひょっとしたら、創生の母もただ息子に顔を向けられないと思っているのではないだろうか。創生も今さらどう接したらいいかわからないのかもしれない。

彩羽が佇《たたず》んだまま考え込んでいるのを察したらしい。彼はようやくこちらを向いてくれた。

「正直すっきりしてるんやよ。居所もはっきりした上で、これで完全に他人になるわけやし、餞別《せんべつ》のつもりで形にしときたいなと思ってるんやわ。きっと向こうもそのつもりなんやろうな。罪悪感を消しておきたかったんやと思う。お互い様ってことにしとくわ」

そう言い添えた創生は明るく努《つと》めているだけで、それが彼の本音ではないはずと彩羽は思っていた。俯《うつむ》いて、唇を引き結んでいる彼は、痛みを押し隠しているように思えた。こんな顔をする彼を彩羽は初めて見たかもしれない。

(過去のこと、辛《つら》くないはずがないよね)

どうしたら彼を傷つけずに、彼を励ましてあげられるだろうか。

「創生さん、私のお母さんとのこと覚えている？」

彩羽が切り出すと、創生が顔を上げた。

「私、会う前は悩んでいたけど、創生さんが励ましてくれて、実際お母さんに会ってわかったの。お母さんは離れていてもお母さんだって思ったよ。過去の苦しかった気持ちは消せない。でも、どんな形であれ、親子でいていいんだと思った。創生さんが、本当はお母さんのこと気にかけてるの伝わってくるよ。隠さなくていいし、想っていてもいい。少なくとも、私の前では……」

創生は黙り込んでしまった。けれど、彩羽はやめなかった。もし彼に叱《しか》られても嫌われても、伝えてあげたいと思ったのだ。

「どういうふうに感じていても、それは創生さんの自由だし、主張する権利があるよ。でも、私は創生さんに後悔だけはしてほしくない」

彩羽は前に励ましてくれた創生の言葉をいろいろ思い出し、同じように励まそうとしていた。

なぜなら、完全な他人になるつもりの餞別と言うのなら、わざわざ時間をかけて大変なブーケづくりをするわけがない。それも手元に残るものになるのだ。

彼は、心からの贈り物をしたいと思っているはずだ。

「彩羽……」

「私、手伝うよ。ブーケ作り。一緒に、素敵なものに仕上げよう」

今度は、私が力になりたい。創生さんのためにできることがしたい。彩羽はそう思い、創生の目の前に置かれた和紙に手を伸ばそうとした。そのときだった。

「触るな！」

創生に怒鳴られ、彩羽はびくりと身体《からだ》を震わせた。伸ばした手は宙に浮いたまま、引っ込ませることもできなかった。彼が声を荒らげることなんて滅多にない。よほどのことがない限りは。

創生はハッとした表情を浮かべた。

「……すまん。大きい声を出したりして」

「う、ううん。私の方こそ、ごめんなさい。勝手に……」

そこから先の言葉は出てこなかった。創生は目を合わせてくれないままだった。ふたりの間には気まずい空気が漂う。

「なんや。珍しく喧嘩《けんか》でもしたんか？」

春緒の声に、ふたりはそれぞれハッとする。

「そんなんじゃ……」と否定しようとする彩羽を尻目《しりめ》に、創生は立ち上がり、作りかけのブーケを作業台から廃棄場に移動させた。

彩羽はたちまち焦った。彼は作品をぞんざいに扱う人ではない。たとえ失敗作だとしても、その欠片《かけら》を無駄にはしなかった。いつも彩羽に渡してくれていたのだ。

創生からのはっきりとした拒絶だと、彩羽は察した。

「お疲れ様でした。お先します」

(創生さん、待って……!)

取り付く島もないまま、創生は工房を出ていってしまう。彩羽はぽつねんと取り残されたまま、足に根っこが生えたようにその場から動けなくなっていた。

「なんだ。ほんとに喧嘩やったんか?」

春緒の気遣わしげな声が工房に静かに響き渡る。彩羽は創生のさっきまでの様子を思い浮かべ、きゅっと唇を噛《か》んだ。こんなこと初めてだ。

彼を怒らせてしまった。

激しい後悔だけが、彩羽の頭の中を占領していた。

＊＊＊

それから数日、創生は姿を見せなかった。

「今日も工房お休みしているの？」

「どうしたんやろうな。何か忙しいみたいな話やったけど」

工房に顔を出すたびに、春緒にそう言われ続ける毎日だった。けれど、彩羽は言葉どおりには捉《とら》えられなかった。様子がおかしかったし、自分のせいかもしれない、と彩羽は気に病んでいた。

空を見上げると、どんよりとした雲が広がっていた。工房と店を繋《つな》ぐ小路を歩いている間にも雨が降りはじめた。やがて霙《みぞれ》に変わり、吐く息が白くなっていく。

今頃《いまごろ》、創生はどうしているのだろう。このまましばらく彼には会えないのだろうか。すっかり誕生日のお祝いどころではなくなってしまった。

彩羽はアルバイトを終えたあと、部屋にこもり、化粧箱に手を伸ばした。それは、創生がくれた色とりどりの和紙が入った宝物である。だいぶいっぱいになってきていた。廃棄場にブーケを置いた創生はどんな気持ちだったのだろう。

（だめだ。気になって仕方ないよ……）

彩羽は思い立ったようにコートを羽織り、マフラーを首に巻き付ける。そして部屋を飛び出すように階段を下りていく。

「彩羽！　またあなたは。階段を走らないの。危ないやないの」

千恵子にいつものように叱られる彩羽だが、今はそれどころではなかった。

「おばあちゃん、今から創生さんのアパートに行ってくる」

彩羽が切羽詰まった顔をしているのを見て、千恵子は気圧《けお》されつつ、心配そうな表情を浮かべた。

「あんたたち、喧嘩をしたんやて？」

「そう、かもしれない。だから謝りたいの。ちゃんと顔が見たいの」

「わかった。くれぐれも気をつけて行ってきなさい」

千恵子はそれだけ言って、見送ってくれた。

「ありがとう。行ってきます」

彩羽は勢いよく玄関を飛び出した。

外は白い雪がちらちらと空から舞い降りていた。前に聞いた住所をスマホに登録し、地図アプリに従って歩く。そう遠くない場所にあるはずだが、入り組んだ場所に入るとよくわからなくなってしまった。

（前に、連れてきてもらったことあるけれど……どっちだった？）

分かれ道に立ち、地図アプリの矢印が動く方へと足を向ける。しかしアパート名の看板はいくら歩いても出てこない。

「本当にこっち？」

うろうろと彷徨《さまよ》いながらアパートが立ち並ぶ道を歩いていると、猫の鳴き声が聞こえてきた。その声につられて振り向くと、濃紺のジャケットを着たひとりの男性が猫に構っていた。

彩羽はあっと声を上げる。その男性こそ、創生だったからだ。

創生も彩羽の声に気づいたらしく、こちらを振り返る。

「彩羽？」

驚いた顔をして彼は子猫を抱き上げ、こちらを見た。

「あの、創生さんに会いたくて、それで……」

それから先の言葉は、どう紡いでいいかわからなかった。

創生はちょっと困ったように視線を落とした。

「この間のことは、すまんかった。許してほしい」

「どうして創生さんが謝るの。私が……無神経だったんだよ。ごめんなさい」

彩羽は言いながら涙が溢《あふ》れてくるのを感じていた。

「やっぱり気にしてくれたんやな」

「もう、工房に、来ないのかと……」

思いつめた顔をする彩羽を前に、創生は頭《かぶり》を振った。

「それは違うよ。実は、こいつの世話で忙しくて……」

「子猫？」

「排水溝にはまってたんやよ。とりあえず獣医師に診《み》せたし、元気になるまで面倒見て、里親探そうと思ってな。その引き渡しがこれからで……」

にゃあと元気な声が響いた。ピンとしっぽが立つ。足音が響いて、ふたりは振り返った。

若い夫婦が並んでいた。

「里親の」

と、創生が耳打ちをした。

彩羽は慌てて目尻《めじり》の涙を拭《ぬぐ》った。

「よかったのかしら」

と、奥さんが申し訳なさそうに言った。

どうやら可愛《かわい》がっていた猫との別れを惜しんでいると思っているらしかった。

「いいんです。アパートやと大家さんに叱られるところやったし、好きな人のところの方が大事にしてもらえると思うから」

創生がそう言い、子猫を奥さんに預けた。それからビニール袋に入った猫缶やおもちゃなどを旦那《だんな》さんに手渡す。

にゃんと軽やかな声が響いた。

「感謝をしているみたい」

と、奥さんが微笑《ほほえ》んだ。

「大したことはしてないんやけど……」

創生は首の後ろを掻《か》いた。

「いやいや、子猫ちゃんのヒーローやろ」

旦那さんがそう言うと、子猫は返事をするみたいにナーと高らかに鳴いた。

和《なご》やかな引き渡しのあと、創生はきまり悪そうに彩羽の方を振り向いた。

「うちに上がってもらいたいところやけど、あちこち散らかってるから、話をするなら、工房の方に行ってもいいけ？」

「どこでもいいよ。創生さんとお話ができるなら」

彩羽は縋《すが》るようにそう言った。今にもまた泣いてしまいそうだった。

「ひとつだけ言っておく。工房休んだのは忙しかったのは本当やし、この間の件で、彩羽が嫌いになったわけやないから」

「うん……それだけで十分だよ。嫌いになったわけじゃないなら。工房に、また来てくれるなら、それでいいよ」

彩羽は声を震わせた。好きじゃなくていい。嫌いじゃないならそれでいい。この頃の自分は欲張りだった。彼の厚意に甘えてばかりいた。もっと彼を思いやるべきだった。反省ばかりが胸の中に押し寄せてくる。

懺悔《ざんげ》の途中で、急に目の前が見えなくなった。彼の腕の中に閉じ込められていたのだ。驚いて身を引こうとしたが、創生の力強い腕に引き込まれ、彼の胸にすっぽりと収まる形になっていた。

「彩羽は、俺《おれ》が大人《おとな》に見える？」

　耳に創生の低い声音が届く。彼の意図することがよくわからなかった。しかし彼の声が頼りなく揺れているように感じた。

「怖かったんやよ。あの作りかけのブーケは、ぐちゃぐちゃした感情そのものだった。かっこ悪い作品を、彩羽には見せたくなかった。しょうもないプライドだった」

　ぐっと腕に力がこもった。

　ああ、そういうことだったのだ、と思った。

「……本当に余裕のないかっこ悪い話や」

　彩羽は首を横に振った。誰《だれ》にも知られたくない感情は、誰にだって持ち合わせているものだ。心の中を覗《のぞ》かれることが、怖いと思うことだってある。

「そういうことやさけ、彩羽が気にすることは何もないんやよ」

　創生が彩羽の身体をそっと引き離した。ふたりの視線がようやく交わった。

「嫌われたと思った……」

　言いながら、彩羽は鼻をすすった。涙が目尻に溜《た》まっていく。それを、創生が指先でそっと拭ってくれた。

「……嫌わない。嫌いな子に、失敗作やて言い訳をして色々渡したりしないし、一緒に仙《せん》台《だい》についていったりなんかしない。全部それは、彩羽だからやよ」

　彩羽は驚いて目を丸くする。涙が一気に引っ込んだ。

「え？　失敗作、じゃなかった？」

「正確にはわざと失敗したやつ……」

「ええ……っ」

「欲しそうにしてればな、喜ぶ顔が見たくなることもあるやろ」

創生がきまり悪そうに言った。彼の頬がほんのり赤くなっているのは、寒さのせいだけではなさそうだった。

失敗作ではなかった。その衝撃的な暴露に、彩羽はどうしていいかわからなくなる。宝物の数々が、今まで以上に輝いて感じられた。

「それだけやないけど、これ以上はもう言わん。余計な墓穴を掘りそうやからな」

彩羽の胸が音を立てる。絶望と入れ替わりで溢れ出した期待に鼓動が速まっていく。それだけではない数々のことが知りたくなってくる。

言葉にならずに佇む彩羽に、創生は軽く咳《せき》ばらいをしたあと、こう言った。

「誕生日プレゼント、リクエストしてもいい？」

「もちろん、だよ」

「一緒にブーケを作ってほしい」

創生の願いを聞き届けた彩羽は、首がもげそうになるほど、全力で頷《うなず》くのだった。

＊＊＊

工房に移動したあと、彩羽と創生は作業テーブルを挟んで向かい合い、一緒にデザイン案を考えていた。ブーケとひとくちに言っても、色々な花の種類や形がある。花そのものの配色やブーケにまとめたときのバランスなども考えなくてはならない。

「創生さんのお母さん、好きな色とかあるのかな？」

彩羽は色鉛筆とスケッチブック片手に、スマホでウエディングドレスとブーケの特集をしているページを眺めていた。

作業台の上には和紙の加工色の見本が置かれ、創生は花屋のブーケのカタログと色合いを見比べていた。

「さあ。俺は五歳になる前やし、顔も何も覚えてないからな。色はまあ後で考えよう。好みはさておき、彩羽がもらって嬉《うれ》しいと思うようなイメージを挙げてみてくれると嬉しい」

それぞれ会話を交わしながら、手元の作業を続ける。まずはデザイン案とラフ画の段階だ。

「私だったら……こういうハート型のブーケとか可愛いなって思って」

スケッチブックに描《か》いたイラストを見せると、創生は楽しそう笑った。

「女の子が好きそうやな」

前髪が触れ合う距離に近づいていたことに今更気づいて、彩羽は飛びのきそうになったが、ぐっと堪《こら》えた。意識しているのを悟られたら、作業にも影響が出てしまうかもしれない。

「そ、創生さんは、どんなイメージ？」

創生の手元を覗き込むと、すでにスケッチブックには幾つかの花の絵が描かれていた。その中でも一際目を引いたのは、紫陽花《あじさい》だった。

青と紫の花が朝露に濡《ぬ》れているイメージなのだろうか。きらきらと浮かび上がる雫《しずく》を思わせる画に、彩羽は陶然と見とれた。彼は手先が器用なだけでなく、絵を描くのも上手《じょうず》なのだ。

「あ――……これなんやけど、なんとなく母親のことをぼんやり思うときは、雨が降ってた。母さんがいなくなったのは雨の日だったたって父さんから聞いたからかもしれない」

創生は過去を振り返るように、ぽつりと言った。

「それと、母さんの名前、雫《しずく》っていうんやよ。紫陽花は前に住んでた家で庭に植えられていた。母さんが好きやったらしい。それで……思いついて」

初めて彼の口から聞いた身の上話に、彩羽の胸が高鳴る。彼が心を開いてくれていることにも、教えてくれることにも、どちらにも嬉しいと感じている。

　創生の母はどんな人なのだろう。創生を置いていってしまったことに関しては罪だと思う。けれど、彼の描いた花からは憎しみという色は少しも視《み》えない。ともすれば、アリアが聴こえてきそうな。ただただ静かに、母親への恋しさが揺蕩《たゆた》っているみたいだった。

「そっか。素敵な名前なんだね。雫……」

　彩羽は心の中でその大切な名前を受け止めてから、言葉を繋げた。

「私も紫陽花好きだよ。学校に通う道にも植樹されているの。梅雨《つゆ》の時期になると少しずつ色づいていって綺麗《きれい》なんだよね。左側には白やピンク色、右側には青や紫色……カラフルな傘《かさ》よりも鮮やかだった」

「それな、アルカリ性と酸性の土壌によって色が違うんやって先生から聞いて、実験みたいやなって友だちと話してた」

「女子と男子の目線の違いを感じる……」

　それでも、どちらかというと創生はロマンチックな職人思考なのではないかと彩羽は思う。

「ただ、これ描いてから思ったんやけど、紫陽花ってたしかあんまりいい花言葉ではないとか言ってたような。それに、季節の花っていうわけでもないしな」

　創生がうーんと唸《うな》る。たしかに結婚式という大事な場ではとくに花言葉に気を配った方がいいかもしれない。

さっそく彩羽は花言葉を検索してみる。

「あ、ちょっと待って。白い紫陽花は結婚式にも使われるみたいだし、花言葉も色々ポジティブなものもあるよ」

ふたりして覗き込む。そこには『深い愛情』『祝福』といった花言葉がつづられていた。

「へえ。知らんかったわ」

「白いかすみ草を入れるみたいに間に挟んで、青を基調にするのはどうかな？　花嫁には何か青いものを……サムシングブルーのジンクスにあやかって。三色のグラデーションにしてもいいかも。雨上がりの虹《にじ》色みたいに。それなら花言葉にも左右されないし」

「雨上がりの虹色、か。それいいかもな。そういう細工、うちの工房の十八番《おはこ》やしな」

創生が弾かれたように言った。

「でしょう？　それに和紙で作るなら、季節も気にしなくていいと思うの」

「デザイン画、ちょっと書き直してみるか」

白やピンクや水色や紫……色々な想いが形になっていく。創生の想いが届きますようにと願いながら、彩羽は彼に寄り添うようにデザイン画を眺めていた。

「ラウンド型とハート型……どっちがいいと思う？」

創生が見せてくれたのは、紫陽花が丸くふんわりまとめられたものと、紫陽花をハートの形に寄せるようにして整えたものだった。

作りやすいのは丸形だけれど、飾って可愛いと感じるのはハート型……彩羽は悩んだ末に、スケッチブックの上を指差す。

「私なら、こっちかな」

「言うと思った。じゃあ、これにする」

創生が満足気に言った。彼もハートの方が良いと思っていたのかもしれない。

一週間で完成させるのはけっこう大変な作業だ。時間もあまりないので、紙漉《す》きから和紙を染め上げるまでの工程を試しにやってみて、翌日から和紙を花の形に整える作業をはじめることになったのだった。

花を一枚一枚丁寧に、破れてしまわないように整えて、紫陽花の形になるように重ねていく。

想いが込められたその一欠片が花の形へと変わっていくように、創生と彼の母の絆《きずな》がやさしく深まっていけますようにと願う彩羽だった。

＊＊＊

ブーケは、十二月二十六日の結婚式の朝までに完成し、郵送ではなく直接式場に届けに行くことに決めた。その方が確実に受け取ってもらえると思ったからだ。十二月二十六日は、創生の誕生日だ。彼にとって大事な日でもある。絶対に成功させたい、と彩羽は意気込んだ。

毎日地道に作業を進め、ブーケもいよいよ完成間近となった結婚式の前日のこと。一色《いっしき》家では、ささやかなクリスマスパーティーを開いた。その日、仙台にいる母からクリスマスプレゼントが届いた。薄桃色のあたたかそうなカシミヤの手袋だった。

彩羽はすぐに、香苗にお礼の電話を入れた。

「あのね、お母さんに意見を聞きたくて……」

事情を話すと、香苗はホッとしたらしく、彩羽の相談に耳を傾けてくれた。件《くだん》の創生のブーケの話だ。

「喜んでくれると思う？」

『もちろんよ。嬉しいに決まってる。創生くんだって、彩羽がそばにいてくれてよかったと思ってるわよ』

「ありがとう。聞いてくれて」

それから彩羽は普段の学校の様子やマリアージュであったことなど色々な話をした。こんなにたくさん母と繋がっているのは初めてだったかもしれない。

少しずつ歩み寄っていけていることを実感しながら、創生も同じように良い方向にいけばいいなと彩羽は思った。

『あ、彩羽』

「うん？」

『あなたも幸せになりなさいね』

母の言葉に、彩羽は胸が熱くなるのを感じた。

『誰よりも、幸せになってほしいの』

「お母さんこそ、誰よりも幸せになってよ」

彩羽が口にした言葉は、母が再婚したときに、言えなかった言葉だった。

どうして今まで言えなかったのかわからなくなるくらい、何度でも言いたい言葉だった。

『娘の次くらいに幸せになるわ』

少しだけ震えた母の声を聞いただけで、やさしい笑顔が思い浮かんだ。

泣きそうになったので、じゃあまた……と電話を切った。

誰もが、大事な人に願う。

誰よりも、幸せになってほしい。

きっと、創生もそう願っていることだろう。

毎日、丁寧に、大切に、作業をしていた彼の眼差《まなざ》しから伝わってきていた。完成した虹色のブーケは雨上がりの空みたいにきらきらと輝いていた。

＊＊＊

結婚式の当日。彩羽は新調したワンピースに袖《そで》を通した。花嫁には何か新しいものをというサムシング・ニューの願かけをしたつもりだった。これから創生と一緒に県内の結婚式場へと向かう予定だった。

正式な招待状を持たないため、披露宴には参加できないが、隣接された教会内の挙式にゲストが参列するのは構わないらしい。

挙式の前に、新郎新婦が控室に入る。花嫁の控室にはゲストが挨拶《あいさつ》に行くことができる。そのときにブーケを届ける段取りだ。

もちろん、素性を明らかにする必要があるため、千恵子を通して、会場の担当者には連絡を入れてある。進行に問題がないか確認したところ、おめでたいサプライズは大歓迎だという話だった。

「喜んでもらえるといいな……」

彩羽は緊張に身を包みながら、タクシーで迎えに来た創生とともに会場を目指した。

車内では、創生はいつにもまして口数が少なかった。当然、彩羽の何倍も緊張しているに違いない。

五歳になる前に去っていった母親との再会は実に約十四年振りになるのだ。

不安、恐れ、緊張、期待、焦がれ……。

様々な気持ちに苛《さいな》まれているに違いない。

「俺が向こうの顔を忘れてるのと同じで、向こうも俺のことすぐにわかるもんかな」

創生がぽつりと言った。

それは彩羽にも想像がつかないことだ。けれど、そうであったらいいと願う。

「きっと、わかるはずだよ」

「父さんにそっくりの顔を見て、気分悪くなったりしないもんかな」

「そんなこと絶対ないよ」

彩羽は励ますように力を込めて言った。

「すまんかった。弱気になってらしくもない。今さら考えても、どんならんのに」

彩羽は首を横に振った。

むしろ不安に思うことを吐き出してほしい。自分にはそれくらいしかできることがない。

「創生さんは、そのままでいいよ」

精一杯考えた励ましの言葉は、ただそれだけだった。

「うん」

創生は僅《わず》かに微笑んで、頷いてみせた。

式場に到着すると、介添人である担当スタッフに案内され、創生と彩羽は花嫁の控室へと向かった。

「失礼します。お客様がお見えです」

スタッフが声をかけると、鏡の前の椅子《いす》に座っていたドレス姿の女性が振り返った。

（この人が創生さんのお母さん……雫さん）

純白のウエディングドレスに身を包んだ創生の母は、とても綺麗だった。

ちゃんと、創生の面影がある。彼女は紛れもなく、彼の母だ。

彩羽は言葉を失ったまましばし見惚《みほ》れ、ハッとする。

「あなた、ひょっとして……創生？」

「これ、届けに……」

創生はそう言い、女性に差し出した。彼は硬い表情のままだ。緊張のあまりに前もって伝えようとした言葉すら忘れてしまっている。彩羽がフォローしようとしたところで、創生は我に返ったようだった。

「彼女、お世話になっている工房の、娘さん」

紹介されて、彩羽は頭を下げる。

「そう。彩羽さん、よね」

「は、はい」

「千恵子さんには、お手紙を度々もらっていたの。そう、来てくれたのね」

「彩羽には、ブーケ作りも手伝ってもらったんよ」

「素敵……和紙のブーケ？　驚いたわ。こんなプレゼントをもらう資格なんてないのに」

雫の目に涙が浮かんでいた。手に持っていたグローブを落としてしまい、彩羽は慌てて拾い上げた。

「ごめんなさいね」

「いえ」

手袋に触れたとき、彩羽は色を読み取った。戸惑いと後悔と懺悔と、色々な感情が伝わってくる色が視えた。でも、そこにはけっして創生を疎《うと》ましく思うような色はなかった。

「ごめんなさい……あなたのこと、私は……」

雫は声を震わせ、ハンカチを握りしめた。

「謝るなよ。頼むから、謝らないでくれ」

創生の声が大きく響いた。

怒鳴ったわけではない。非難の声ではない。それは慈愛に満ちた、やわらかな光を感じる声だった。

「……創生」

「謝ってほしくない。今日、大事な日になるんやから。自信をもって幸せになってほしい。おめでとうってたくさん言われる日やろ」

彩羽も頷いて同調を示す。

するとと、雫は鼻をすすって、それから創生をまっすぐに見た。

「私ね、この日を結婚式の日に選んだのは、自分が犠牲《ぎせい》にしてきたことを懺悔して、ずっと覚えておくためなの。今日は、創生の誕生日で、私の誕生日でもあるから」

ああ、そういうことなのか、と彩羽は納得していた。

雫と創生は親子で同じ誕生日だった。単純に誕生日を結婚式の日に選んだわけでもなかった。ちゃんと特別な意味があったのだ。

「ずっと覚えておいてよ。今日の日のこと」

「ええ。一生ずっと忘れないわ」

きっと今までも忘れたことなどなかったに違いない。そして今日、また新たな絆が結ばれた日。ふたりにとって一生忘れられない日になるのだろう。

「おめでとさん」

練習していただろう言葉は、それでも今はちゃんと彼の心が乗せられた温かな言葉に代わっていた。

「きがねな……あんやと」

雫は綺麗に化粧した顔がくしゃくしゃになるほどの笑顔でそう言った。彼女の瞳《め》からは瞬く間に涙がこぼれていった。

創生の瞳にも光るものがあった。

ふたりは握手を交わした。そして雫は彩羽にも微笑みかけた。感謝の色がそこには灯っていた。

それから、彩羽と創生は挙式会場に参列していた。チャペルの中には、知らない人が大勢いる中、新婦側の末席に並んで座った。会場スタッフに渡された花籠《はなかご》の中には色々なフラワーシャワー用の花びらが盛ってあった。

結婚式に参加したことは一度もなく、なんとなく想像していた挙式のシーンを想像しながら緊張して待っていると、手に温かい感触が伝わってきて、ハッとする。隣にいた創生に手を握られていたのだ。

驚いて彼の方を向いた。けれど、視線は交わらなかった。彼は何かに耐えているような顔をしていた。

ハプニングとかではなく、彼から手を握ってくるのは初めてだった。

力強く手を引いてくれたときと違い、彼は縋るように彩羽の指を搦《から》めとる。頼りなく、そして落ち着きなく爪《つめ》の輪郭を辿《たど》るように。

彩羽は息を呑《の》んだ。ひょっとしたら心細いのかもしれない。彼を励ましたくて、彩羽は創生の手を握り返した。

（ずっといるから。私がいるから……）

以前に『取り消し』なんて言ってしまったけれど、本心は変わらない。好きだからそばにいたい。あなたのそばにいてあげたい。力になりたい。寄り添っていたい。大事な人だから。

彩羽は心の中で、覚えたての魔法を唱えるかのように、繰り返していた。

幸せな花嫁姿の母親を、眩《まぶ》しいような眼差しで見つめる創生は、今にも泣きそうな顔をしているのに涙は流さなかった。瞳には宝石のような輝きが膜を張るだけ。彼は必死に堪えているのだ。

そんな彼を見ていたら、喉《のど》の奥が絞られるように痛くなり、たちまち彩羽の目に溢れ出したものが、頬を伝って流れていく。

「なんで、彩羽が泣くんや」

冗談を含んだ声が震えていた。とうとう彼の目からも涙が溢れていた。

そのとき、彩羽は、この人のために自分が強くなりたいと思った。愛《いと》しいと思った。この手を放さないでいたいと強く思った。

「よかったね。今日ここに来られて。がんばったよね」

彩羽は創生に精一杯の笑顔を向けた。幼い頃から閉じ込めてきた彼の想いや努力を讃《たた》えてあげたかった。

「……あんやと」

掠《かす》れた声だったけれど、はっきりと聞こえた。創生はすっきりした表情に変わっていた。

「――ここに、ふたりが夫婦となりましたことを証明いたします」

神父からの声が届くと、誓いを交わした新郎新婦の元へ、参列者からの拍手が鳴り響いた。

新郎新婦が腕を組み、祭壇からバージンロードをゆっくりと歩いてくる。緊張は緩やかに解かれ、和やかな時間へと移っていく。

彩羽も同じように籠を持ち、花びらをすくい上げると、新郎新婦へ祝福のフラワーシャワーを浴びせた。

「おめでとう」

「お幸せに」

「仲良くやるんやよ」

親族や友人からの言葉に、新郎新婦は笑顔を満開に咲かせている。端の方にいた創生と彩羽にも、彼らは笑顔を見せてくれた。

雫は彩羽と創生に手を振った。創生は気恥ずかしそうにしていたが、彩羽は創生の分まで、いっぱい手を振った。

チャペルから出た新郎新婦がふたりで鐘を鳴らし、恒例のブーケトスの時間に移るだろうと思われた矢先、雫が彩羽に手に持っていたブーケを差し出した。

「これは、彩羽ちゃんに」

「えっ」

彩羽は目を丸くする。

「サプライズのお返し。私には、もらったブーケがあるから」

「いいんですか？」

「ブーケのジンクスは知っているでしょう？」

そう言い、雫が創生の方に視線をやる。

「どうか素敵な花嫁さんになれますように」

雫に目配せをされ、彩羽はたちまち顔を熱くする。どうやら雫は彩羽の恋心に気づいているようだった。

何か言葉を交わすまもなく、あっという間に新郎新婦は行ってしまう。

「どうしよう」

戸惑いながら、彩羽は花の香りを吸い込む。

「くれるって言うんやからもらっておけばいい。幸せのおすそ分けやろ」

「う、うん」

彩羽の頭の中に、新郎新婦になった創生と彩羽の姿が思い浮かんだ。

(神様、願ってもいいでしょうか)

いつか、創生とそうなる日が来たらいいと思う。

けれどまだ幼い恋のまま、自分の気持ちもまともに伝えられていない。

自分の進むべき道もまだ示せていない。

でも今度こそ伝えたい。本当の想いを。きちんと告白したい。

彩羽の決意はついに固まった。


その後、ふたりは挙式会場を離れ、バスで墓地へと移動していた。

創生が今日のことを父の誠司《せいじ》に報告するためだ。

お参り用の花の中にブーケの二輪の花を添えた。

彩羽は創生と一緒に手を合わせ、今日の日のことを思い浮かべた。

「……彩羽」

創生に声をかけられ、そろりと目を開く。

「ずっと言いたいと思ってたことがあるんやけどな」

「うん。何？」

「俺、彩羽と出会えてよかった」

澄んだ眼差しにあてられ、彩羽は息を呑んだ。彼はやさしく微笑んで、彩羽の冷たくなった頬に触れた。

「創生さん……私の方こそ、毎日のように思ってるよ。あなたと出会えてよかった」

彼が存在してくれてよかった。出会えてよかった。ここに一緒にいられてよかった。何回唱えたって足りないくらいだ。

生きていてよかった。私でよかった。彩羽は、やっと自分自身が好きになれた気がした。

(私の居場所は、私自身がいる場所なんだ)

「取り消しされてしまったと思うんやけど……」

彼が息を呑んだのがわかった。

甘い予感がじわりと胸の中に広がる。鼓動がだんだんと速まっていくのがわかる。

「あの告白は有効?」

今度はごまかせない。たぶん、うぬぼれてもいいのなら、伝えたい言葉はきっと同じだ。

「もちろん、有効です」

「ずるい聞き方してすまんかった」

彩羽は首を横に振って意思表示をするのだけで精一杯だった。

「俺な」

「私ね」

声が重なり合い、創生がもどかしそうに首の後ろを掻いた。

「今日は、先に言いたいんやけど」

「じゃ、じゃあ、せーのにしませんか」

「せーのって……まあ、いいよ」

創生はぷっと吹き出す。ふたりは笑い合ったあと、せーの、で言葉を紡いだ。

「「好きです」」

その重なり合った声を聞いて、ふたりはまた顔を見合わせ微笑み合った。

純白の花のような雪が、ふたりの頭上にふわふわと舞い降りてくる。天からも祝福されるかのように。

第五章　春色プロポーズ大作戦

新年を迎えた一色《いっしき》家では、春緒《はるお》と千恵子《ちえこ》、そして彩羽《いろは》と創生《そうせい》が向かい合って食卓を囲んでいた。

挨拶《あいさつ》に来た創生を千恵子が引き留め、お昼に誘ったのだった。

「若夫婦みたいでなんだか新鮮でいいわね」

彩羽と創生が並んでいるのを見て、千恵子が嬉《うれ》しそうに微笑《ほほえ》んだ。

お雑煮を食べていた彩羽は咽《むせ》そうになり、ごまかすように箸《はし》を進める。一方、創生はいつものとおりクールでマイペースだった。

ふたりが付き合いはじめたことを報告したわけではないのだが、なんとなく千恵子は勘付いているらしかった。

「これから神社にお参りに行ってきたらいいんやないの」

と、盛り上げようとする。

「お昼にだって引き留めたのに。創生さんにも予定があるでしょう?」

「あー……」

と、創生が首のうしろを掻《か》いた。彼が困ったときによくする癖だ。

「ほら、困ってる」

「いや。誘おうと思ってたんやよ」

意外な返答に、彩羽は目を丸くした。今度はお餅《もち》を詰まらせるのではないかと本気で心配になった。

「まあまあ。そしたら、余計な口出しやったね。創生くん」

両手を合わせて申し訳なさそうにする千恵子を尻目《しりめ》に、創生が改めて彩羽に向き直る。

彩羽も落ち着かなくなり、いったん箸を置いた。

「順序が逆になったけど、改めて。よかったら初詣《はつもうで》に一緒に行かへん？」

「……はい」

にこにこしている千恵子と、照れくさそうにしている創生と彩羽を尻目に、春緒は傍観者を決め込んで、料理をつついていた。

「なぁに。春緒、蚊帳《かや》の外になって寂しいの？」

「なんだかむずがゆいなぁと思っただけやよ」

言葉どおりに、くすぐったそうな顔をして、春緒は言った。

「独《ひと》り身には目に毒かしらね」

千恵子はわざと皮肉を込めた言い方をする。

「そんなことない。ごちそうさまやて」

「あのんね、そうやって春緒も傍観者になってないで、今年こそパッとひと花咲かせたらどう？」

「いややなぁ。パッと散ってばかりやよ」

「何言うてんの。そろそろ自虐的になるのはおやめなさいな。これ、はい」

千恵子が差し出したのは餅のように白くてすべすべした薄いアルバムのようなものだっ

た。

「なんやこれ」

春緒は怪訝《けげん》そうな表情を浮かべ、千恵子の思惑を問うた。千恵子はよくぞ聞いてくれましたと胸を反らす。

「お見合い写真よ。結婚したいって言っている女性がいるの。三十三歳。とっても可愛《かわい》らしくていい人よ」

「はぁ。お見合いって、余計なことせんでもいいがやて」

全く取り合う気がないといったふうに、春緒はお猪口《ちょこ》に並々注がれた日本酒をこれみよがしに喉《のど》を鳴らして飲み干す。

「新年はこれがいいと」と、ご満悦顔だ。しかしお酒に強いわけではないからすぐに顔が赤くなっていった。

「見てみるだけでもいいでしょ。見もせず断るなんて、相手にも失礼やないの」

千恵子の剣幕に押され、春緒は気圧《けお》されつつアルバムに手を伸ばした。

「どういう人なの?」

彩羽は興味津々《きょうみしんしん》にアルバムを覗《のぞ》き込む。

「小料理屋で働いてる娘さん。和紙の手作り教室に来てくれていてね。工房のことを気にかけてくださっているの。春緒にもぜひ会ってみたいって」

「へぇ」

春緒は気のない返事をしながらも、いつの間にか写真に釘《くぎ》づけになっていた。

そんな春緒の様子に興味を惹《ひ》かれ、彩羽と創生も揃《そろ》ってその写真を覗き込む。

たおやかという言葉が似合いそうな純和風美人だ。やさしそうな雰囲気がある。期待せずに開いたはずの春緒はすっかり魅入っている。それくらい美人だった。

「どう？　綺麗《きれい》な人でしょ。紗織《さおり》さん」

「もったいないくらいの美人さんやな」

「見た目だけじゃないの。ぜひ会ってみてちょうだいな。お嫁さんにいいと思うのよ」

千恵子が誇らしげに言うと、春緒はようやく我に返り、居心地悪そうな表情をしていた。

「けどなぁ。この年から恋愛するにはどうにも腰が重たくてな」

肩をすくめる春緒に、彩羽は素朴な疑問を口にする。

「どうしてお嫁さんが来てくれないんだろうっておじさんよく言ってるけど……お見合いはしたくないっていうことは、誰《だれ》か好きな人でもいるの？」

「いやぁ、そういうわけやないよ。振られ続きで自信をなくしとるだけやが」

「それなら、なおさらやないの。こんなに素敵な人が興味を持ってくれていて、会いたいって言ってるんやし、会ってみるのはだめなん？」

千恵子はいつになく積極的に春緒に絡んでいる。

「それは……なぁ」

春緒が迷うような声を出したので、彩羽と創生、そして千恵子の三人は揃って顔を突き出した。

「さて、お見合いには写真が必要ね。創生くん、悪いんやけど初詣デートの前にちょっこしカメラで撮影してくれる？　今からいい服着せるから」

千恵子が企《たくら》んだ顔をする。彩羽はなんとなく声を潜めた。

「お見合い用の写真？」

「先方にだけいただくわけにいかないでしょう？」

そういうことで、と千恵子が春緒の肩を叩《たた》く。

「写真とりましょう」

「はぁ？　今から撮影するって？　こんな赤ら顔でか？」

春緒は目を丸くし、頓狂《とんきょう》な声を上げた。

「いいやないの。そこはお化粧でどうにかなるから心配しなくて大丈夫やよ。千載一遇《せんざいいちぐう》の好機を逃《のが》したら、ほんとうにずうっと独りやよ」

「彩羽と創生くんがおるって」

現実から逃れるように遠い目をし、顎《あご》のひげを所在なげに触れている春緒に、千恵子はいい加減に痺《しび》れを切らしたらしく、ついに柳眉《りゅうび》を吊《つ》り上げた。

「ふたりを当てにするのはやめなさい。若いふたりには色々な選択肢を与えること。それが大人の役目やよ」

親子喧嘩《げんか》を見て、彩羽と創生は揃って笑った。

彩羽としてもずっとこの調子で家族として過ごしていきたいと思うが、春緒にも幸せになってほしいという気持ちは千恵子と一緒だ。

「さあ、おじさんメイクをしましょう。着付けはおばあちゃんにしてもらって」

「彩羽が化粧してくれるんか？」

「親方、もう逃げられませんね」

慎ましくしていた創生も楽しげに笑った。

「おいや、創生……せめておまえが味方してくれへんか」

「彼女の味方するに決まってるやないですか」

「ふふふ。彼女。いいわねえ」

揶揄《やゆ》を含んだ千恵子の顔を見て、彩羽は慌てて釘をさした。

「おばあちゃん、私を敵に回すのはよくないよ？」

「はい。そうでした」

わいわいと賑《にぎ》やかな一色家の面々に、彩羽は笑みをこぼす。

幸せのおすそ分けという言葉があるように、今感じている幸せをちょっとでも春緒に分けられるといいな、と思う彩羽だった。

＊＊＊

「親方の顔、面白かったな」

「あんなに緊張しているおじさん初めて見た」

「俺《おれ》も」

創生と彩羽はふたりしてお腹《なか》を抱えるくらい笑った。ついさっきの春緒のお見合い用の写真をスマホで眺めていたのだ。写真屋で大きいサイズにプリントアウトしてきて、と頼まれて、その足でふたりは初詣に向かった。

「紗織さんか。どんな人なんだろう。お見合いうまくいくかな」

「さあ。なるようにしかならんもんやし」

創生はいつものとおりマイペースだった。

「こっそり応援しよう。うまくいくように」

「そうやな」

訪れた神社は、七五三の時期に創生と一緒に来たところだ。今日はあのときと比べ物にならないくらい大勢の人が訪れ、本堂へ向かう参道に長蛇の列を作っていた。

時々風が強く吹きつけ、結い上げた髪のうなじをひんやり撫《な》でていく。着物の中の肌襦《はだじゅ》絆《ばん》は冬用のもので、厚手のストールを巻いているが、それでもやはり冬の空気は冷たく感じた。

ふと、その肌寒さがあたたかいものにくるまれる。

マフラーが首に巻かれたのだ。創生の匂《にお》いを感じて、鼓動が跳ねた。

「創生さん、いいの？」

「さっきから、首元寒そうやなって気になってて。俺は大丈夫やから」

はにかんだ笑顔を向けられ、みぞおちのあたりがきゅうっとする。そんなふうに甘やかされるのも恋人の特権と思っていいだろうか。

「ありがとう。少しの間、お借りします」

慎ましくそう言うと、創生に手を引かれた。足元の石段に躓《つまず》きそうになったことに彼は気づいてくれたらしい。相変わらず彼は、王子様なのだった。

お姫様扱いされることがくすぐったくて、おそらく赤くなっているだろう頬《ほお》を隠すように首をすぼめた。

それからまもなく順番がやってきて、ふたりは二礼二拍手一礼の作法を守って参拝する。

今年も創生と仲良く過ごしていけますように。

心の中で言葉にしながら、それぞれの家族の顔を思い浮かべた。みんなが一日でも多く幸せでいられる時間がありますように。

「創生さんは……」

どんな願いにしたのか聞こうとすると、

「だめやよ。願いは言ったら叶《かな》わないから」

「また言ってる」

お約束の言葉が返ってきたことに、彩羽は笑った。

「絶対に叶えたいから」

「じゃあ、叶いそうになったら教えてね」

「うん。そっちもな」

「ねえ御守見てみようかな。それとも、おみくじ先にしようかな」

「どっち先でもいいよ。ゆっくりで」

手を差し出され、彩羽は躊躇《ためら》うことなくその手を握った。

冷たい風などまったく気にならないくらい身体《からだ》が熱くなっていく。さっきまで寒さを感じていた首元がじわりと汗ばんでいく。

「あの、マフラー取ってもいい？　あったかくなってきたから」

「遠慮しないでもいいんやよ」

「ううん。本当に。今度は創生さんの番ね？」

「わかった」

空いている方の手でくるくると巻き取ったマフラーを、創生にふわりとかけると、彼はちょっと恥ずかしそうな顔をした。ちょうど彩羽がさっき同じようにしていたように。

お互いのぬくもりが心地よい。無言でいる時間すらも。何も語らうことがなくても。ただそばにいるだけで満たされていく。それらは、生まれて初めての感覚だった。

(恋人同士……って、こんなに幸せなんだ)

片想いをしていたときよりも、ずっとそばに創生のことを感じられる。横顔の眼差《まなざ》し、向けられる微笑み、そのどれもが今まで以上によりいっそう素敵に見える。俗にいう恋人フィルターというのは、こういうことなのかもしれない。

「交通安全、学業御守……お揃いの御守もあるみたい。あと、これは……」

縁結びの御守を手にした彩羽は、自分の欲深さを反省してやめようとしたのだが。

「親方にいいんやないかな」

創生が言って、縁結びの御守を手に取った。ますます彩羽は自分が恥ずかしくなった。

「俺たちももらっていこう。色違いの」

ほんとうに彼にはかなわない。

望んでいることがわかっているかのように、行動してくれる。そういう彼がかっこいいなと思った。

あれから、色が視《み》えることを、創生に打ち明けようとしていて、ずっと言えていない。ブーケ作りをしたとき、創生が失敗した作品に触れてほしくなかったと言っていたことも、彩羽を躊躇わせていた。

他人に感情や心を読み取られることを人は恐れる。それは当たり前の反応だ。いくら親しい間柄とはいえ、秘めていたいことは人それぞれあるものだ。だからこそ、人は言葉を紡ぎ、相手に想いを伝えようとする。それがごく普通の人間の在《あ》り方だ。

果たして、創生はこの色が視える体質について、どんなふうに捉《とら》えるだろうか。

何度も言おうとしては躊躇ってきたけれど、新年を迎えたし、お付き合いをはじめたのだから、きちんと伝えておきたい。彩羽は覚悟を決め、背筋をすっと伸ばした。

「あのね、創生さんに聞いてほしいことがあるの」

おみくじのコーナーに移動する前に、彩羽はそう言って創生を引き留めた。

緊張のあまりに、鼓動が急に駆け足になっていく。創生は首をかしげて話の続きを待っている。どんなふうに切り出したらいいだろうか。口から心臓が飛び出してきそうな勢いだ。

「私、ちょっと特別な能力というか体質というか、そういうのがあってね。びっくりするかもしれないけど……」

彩羽は勇気を出して創生に打ち明けた。彼は僅《わず》かに目を大きくした。

「突然何言うかと思うたら、ひょっとして心が読めるとか？」

創生が言い当てそうになり、彩羽の方がどきりとした。すぐには返事ができなかった。

すると彼は表情をこわばらせた。冗談のつもりで聞いていたのかもしれない。

どうしよう。やはりいくら温厚な創生でも受け入れがたいことかもしれない。けれど、ごまかしたくない。彼と向き合いたい。自分を知ってほしい。きっと彼ならわかってくれる。もしダメでもわかってもらえるまで努力すればいい。

彩羽は深呼吸をして、ひとつひとつ丁寧に言葉を紡ぐ準備をした。

「……心まではわからない。さすがに読めないよ。けれど、その代わりにその人が放っている色が視えるの。それと、その人が触れた物の残存記憶からも色が視える。その色から人の感情が伝わってくるというか、感じ取ることができるというか。そういう特殊な知覚現象を共感覚っていうんだって」

なるほど、と創生はつぶやいた。

「色が視える……共感覚か。なんか聞いたことがあるな。文字や音に色がついて視えるとか、味に形を感じるとか、色聴や色字……そういう類《たぐい》の」

彩羽は頷《うなず》く。

「もしかして、俺からもなんか色が視えてた?」

創生がちょっと警戒するように身を引いた。

すべてを見られたい人はいないだろう。だからそういう反応になるだろうな、と彩羽は覚悟していたつもりだ。それでも少しだけショックを受け、ありのまま伝えることへ気後《きおく》れしてしまう自分がいるのも事実だった。けれど、嘘《うそ》はつきたくない。正直でいたい。彩羽は続けて言った。

「実を言うと、ずっと創生さんの色はなかなか視えなかった。誰のものでも視えるわけじゃなくて、感じ取れるものとそうじゃないものがあるの」

「今は、視える？」

創生が再び彩羽に問いかける。彼の放つ色を視れば、受け入れようとしてくれているみたいだ。

「信じてくれるの？」

「彩羽がそういうことで嘘はつかないの知ってるけ。ただ、ちょっとだけ困るな」

彼の表情には戸惑いが浮かんでいた。それを示すように微《かす》かにだが、彼のオーラも消極的な色に視えた。

「やっぱり、気持ち悪い、よね……？　正直に言ってくれて構わないの。努力してすぐ直るものじゃないのはわかってるけど、でも、私……創生さんと一緒にいるためなら、がんばるから」

「ああ、すまん。そうやないよ。困るっていうのは、俺が必死に押し隠してるような感情もだだ漏れなのかなって思うたら、恥ずかしくなっただけやよ」

そう言い、創生はほんのり赤くなった顔を片手で隠した。

「言葉そのものを聞き取ったり、心の中がまるっきりわかるわけではないから、そこは安心していいよ。私が、ただ色っていう感覚で、勝手に感じ取ってるだけだから」

「それなら、俺が今、何を思うてるかも伝わってるんやな」

創生は何か覚悟を決めたように言って、彩羽の頬に手を伸ばした。彼のガラス玉みたいな澄んだ瞳《ひとみ》に魅入られ、彩羽は息を呑《の》んだ。

「何か視える?」

「創生さん、しか見えないよ」

勝手に視てはいけないという制御が利いているからだろうか。

ただそれでも柔らかい色が視えて、そこからは予感のようなものを感じていた。

創生が何をしようとしているのかもなんとなく伝わってくる。

「こうしよう。隠しても視えるなら、もうこれからは隠さないで、お互いに思ってることを言うようにしよう」

何かを吹っ切るかのように、創生が言った。

「すべてが視えるわけじゃないよ?」

「うん。せめて俺にも、視えたらいいのにな。そしたら、彩羽が悩んでいることを完全に理解することができるのにな。もし苦しいって思ってたんなら、気づいてやれなくてすまんかった。しんどかったよな」

創生は変わらなかった。あまつさえ彼はいたわることを忘れないのだ。

「ううん。聞いてくれて嬉しい。そんなふうに言ってくれて、ありがとう」

「安心していいけ。それで嫌いになったりしないから」

「うん」

瞬くまに視界が滲《にじ》んでいく。創生の顔が見えなくなるくらいまで。

「新年から泣かせたくない」

「泣いてないし、嬉し涙だからいいの」

「大事に想ってるよ」

「……うん」

気づいたら、人波からだいぶ遠ざかったところに取り残され、境内と裏参道の小路の隅でふたりは向き合っていた。

甘い雰囲気がじわじわとふたりを包み込んでいく。そんな予感めいた色がふわふわと漂う。

「好きやよ」

「……私も」

言葉を交わし合う喜びに、溢《あふ》れ出た涙がゆっくりと視界を広げていく。

「ここで望みを叶えようとしたら、罰あたりになるかもしれんから、お預けやな」

創生はふっといたずらっぽく微笑み、そして彩羽の唇に指をちょんと乗せた。

その瞬間、彩羽は卒倒するかと思った。

いったい、今何が起きたのだろうか。

「そ、そ……創生さん、らしくないです」

「なんで急にかしこまるん。動揺しすぎ」

「ひ、人が変わったようになってるから」

「変わっていくことも大事やと思ったから。彩羽が視えることに罪悪感を抱く前に、俺が言葉にしようと思って。今までは言えなかったことも、恋人の特権として。だから、彩羽も言うてほしい。思ったことなんでも」

「はい。だけれど、あんまり恥ずかしいことを言われると、その場で倒れる自信があります」

頭の中が沸騰《ふっとう》しているのではないかと思うくらい顔が熱い。混乱していて何を言っているか自分でもわからなくなってくる。

そんな彩羽の状態が伝染したのか、創生の頬もうっすらと赤くなっていた。

「そのあたりは、まあ、手加減します」

「お願いします」

ふたりで顔を見合わせて笑った。

胸の内側に燻《くすぶ》っていたものが、やっとすっきりした気分だった。

彩羽は創生の笑顔を見つめながら、何度も思う。

彼に恋をしてよかった。彼が恋の相手でよかった、と。

幸せを最高潮に感じているさなか、

「あー！」

という声が突然響いて、彩羽はドキッとした。

「彩羽ちゃん！」

聞き慣れたその声に振り向くと、振り袖《そで》を着た亜希子《あきこ》がこちらに手を振った。隣には羽織に袴《はかま》を身につけた颯人《はやと》の姿があった。

「あこちゃん、あけましておめでとう」

「おめでとう！」

亜希子が駆け寄ってきて、声を弾ませた。

「ふたりともデート？」

彩羽が尋ねると、亜希子より先に颯人が答えた。

「いつものように、こいつが勝手に家に来て、訪問着のまま連れ出されたっていうわけ」

あくまでも自分が来たかったわけではないという主張をする。颯人は相変わらずの様子だ。

亜希子はむっとして、彼の腕を軽く叩いた。

「せっかくやから初詣に行くかって言ってくれたんやなかったの」

拗《す》ねた亜希子に対し、颯人は知らんぷりだ。

けれど、昨年のクリスマス以来恋人同士になってからのふたりには甘い雰囲気が伝わってくる。不器用で素直になれない者同士ながら、うまく付き合っているのだろう。

「ね、これで、ほんもののダブルデートやっと叶えられたね」

亜希子が嬉しそうに頬を緩めた。つられたように彩羽も笑顔になる。

「そうだね」

「今年も色々あると思うから、相談に乗ってね」

「ある前提なんだ」

と、彩羽は笑った。

「ないと思えないやろ。うちの彼氏は、彩羽ちゃんの彼氏と違って、子どもやから」

亜希子が大人びた表情をして、ため息をつく。しかし彩羽の着眼点は別のところにあった。

「か、彼氏」

さっきの創生とのやりとりが脳裏をよぎって、心臓がばくばくする。

「なんで彩羽ちゃん急に赤くなってるん」

「か、彼氏っていう響きに慣れていないものでして」

それは彩羽の本音だった。

「初々しいのいいやんな」

ははっと、颯人が楽しげに笑う。

創生はというと、ただ目を細めるようにして彩羽を見ていた。ますます恥ずかしくて仕方なくなった彩羽は、三人の視線を別の方に誘導する。

「ねえ、みんなでおみくじやろうよ」

「いいね！　やろうやろう」

亜希子は乗り気だ。

「大吉が出る予感がする」

颯人は自信満々に言った。

そして四人はそれぞれおみくじを手に取って、頭を突き出した。

「いい？　せーので開きましょう」

彩羽の第一声により、みんながおみくじを開く。

「やった。大吉やわ」

一番に声を出したのは亜希子だった。

「はぁ。意味わからん」

颯人が不満げな声を漏らす。

「私、小吉」

彩羽はそれよりも神様からの助言が気になった。

心願成就、恋は良い関係が築けるでしょう——その文面を目で追い、心の中で飛び跳ねた。

「俺は中吉やった」

創生はさらりと言った。

「で、颯人は？」

「見なかったことにするわ」

そう言い、颯人はそそくさと離れようとするのだが、亜希子がとっさに彼の手を止めた。

「あんたの運勢は、私にも関係あるんやから」

「なんやそれ。あいかわらず、横暴なやつやな」

「颯人にだけは言われたくない。って、えっ大凶……ほんとにあるんやね⁉︎」

亜希子が目を丸くする。颯人はため息をついた。

「あっ、でも、吉とか凶よりも実はいいって話を聞くよ。どん底からあとは這《は》い上がるだけっていう」

「彩羽ちゃんやさしいな。うちの彼女と違《ちご》うて」

颯人の嫌みに、亜希子は唇を尖《とが》らせる。

「何よ、もう」

「やさしい彼女でよかったですね、お兄さん」

「そうやな」

と創生はきっぱり返事をする。

「だって！　いややわ。妬《や》けちゃう」

「大吉の彼女いるんやから、大丈夫やろ」

創生は颯人を励ますように言った。

「俺が懸念しているのは、こいつがそれに付け入ってくるんやないかってことなんですよ」

「私のことなんやと思ってるの。いい？　私が一緒にいてあげるんだから感謝しなさいよ」

「ほら、これな」

颯人は身震いをしてみせる。

それからおみくじを木に結びつけ、澄み渡った冬空を見上げた。新年を祝う凧《たこ》がいくつもあがっていた。

颯人と亜希子はまだ言い合いをしている。今年も賑やかな一年になりそうだ。

その傍ら、創生が彩羽の手を繋《つな》いだ。

「デートの続き、しませんか」

「はい。しましょう」

ふたりで顔を見合わせて微笑み合う。

おみくじの結果がどうであってもよかった。今をとても幸せだと感じる。そしてこの幸せを大切にしていきたいと思う。

できたら、春緒にも幸せを掴《つか》んでほしい。そんなふうに願う彩羽だった。

＊＊＊

冬休みも残すところあと僅かという頃《ころ》。

彩羽は千恵子から春緒のお見合いが無事に済んだらしいということを聞いた。

「どんな感じだった？　おばあちゃんも一緒だったんでしょ？」

「それはねえ、お若い人同士でってお決まりのあれよ」

千恵子は得意げに言った。

彩羽の頭の中には、ドラマでよくある光景が浮かび上がっていた。

「うまくいきそう？」

「まあ、概ね好感触ね。あとは春緒次第でしょう。交際を申し込むのは男の方からびしっと決めないとね」

なんとなく春緒のことだから、またお相手に見惚《みほ》れるだけで精一杯で緊張していたのではないかと想像がつく。

彩羽は春緒の様子が気になって、工房の方に足を運んだ。

顔を出そうとしたとき、何やら騒がしい物音と大きな声が響いた。

何があったのだろうと覗き込むと、珍しく春緒が慌ただしく動き回っていた。

作業台のところにいた創生と目が合う。彼は首を横に振った。そして春緒の方に視線をやると、肩をすくめてみせた。

どうやら春緒の様子がおかしいらしかった。具合が悪いとかそういう状況ではない。これは完全に件《くだん》のお見合いが影響していると思えてならなかった。

「おじさん」

「あー彩羽、すまんな。今日は構っていられる余裕はなしやわ。調子があんまりよくなくてな」

「その原因ってお見合いのことだよね」

「……」

いつもならすぐに反論してくるはずの春緒は、その場で固まってしまった。図星なのだろう。

「親方として情けないな。色恋の方はからっきしなのは仕方がないが、仕事に支障をきたすようではなっとらんな。不相応なことはやめたほうがいい見本やわ」

自分の弱さをカモフラージュして諦《あきら》めようとする背中は、誰かに似ていた。それは、誰かと向き合うことから逃げていた過去の彩羽と重なって見えた。

彩羽はおもむろに床に散らばった木材を拾いながら、春緒の色を読み取った。真っ白な粉雪のような純白、淡く甘酸っぱいような恋を表す薄紅、それらが彷徨《さまよ》うように揺れていた。さらに春緒が触れた木材に残存された記憶からは迷いが感じられた。あるいは自信のなさだろうか。

春緒は、芽生えかけた恋を自分から摘もうとしているのだ。

「そんなことないよ。幾つになったって恋はしていいと思うよ。かっこ悪くたっていいよ。

かっこいい職人のおじさんのことは、ここにいるみんなが知ってるんだから」

もどかしさから口を衝《つ》いて出た。

「彩羽……」

春緒が驚いたような顔をして彩羽を見た。そして創生や他《ほか》の弟子たちの生温かい視線を感じ取ったらしく、照れくさそうに鼻の下を指で荒っぽくこすった。

「恋か。いい恋をしてるんやな。今どきの若いもんの著しい成長にはついていけんわ」

頭を振り、春緒はそばに乾かしてあった木枠を手に取った。

「ねえ、お付き合いをしたって、結婚できるかどうかは別なんだから、まずはお互いを知ることが大事だと思う。おじさんのいいところをたくさんアピールして、相手の人が興味を持っているっていう和紙職人の良さをもっとわかってもらえたらいいんじゃない？」

「俺も、彩羽に賛成します」

「若者にはかなわへんなぁ。おじさんに春が来たら、応援してくれや」

「もちろん」

彩羽が笑顔で頷くと、春緒はきまり悪そうな顔をした。

「なんやろなぁ。調子狂うわ」

そう言いつつ、紙漉《す》きをはじめる。その表情はかっこいい和紙職人に戻っていた。

「今日はやさしいんやな」

くすり、と創生が笑った。

「たまにはおじさん孝行もしないとね」

彩羽は肩をすくめてみせた。

「おいね。親方、嬉しかったと思うげんて」

「そうだといいな。マリアージュのご先祖様にも頼もう。どうか春緒おじさんにも、その名のとおり春を連れてきてください」

少しでも春緒の背を押せたならよかった。


その日の夕方から千恵子と彩羽による恋愛講座が開かれた。創生は監督役といったところだろうか。

「春緒、背筋を伸ばしなさい。おどおどしないで、相手の目を見て」

千恵子は日本舞踊の先生をやっているときみたいに、容赦なく春緒の所作を指摘した。

一方、彩羽はどうしたら好印象に映るかを女子目線でアドバイスする。

「適度に相槌《あいづち》を打って、にっこり笑ったらいいと思う」

「こう、か?」

「歯を出しすぎだよ。自然に口の両端を引き上げるみたいにして。割り箸を挟むといいみたいよ」

彩羽は割り箸を持ってきて、春緒の唇に挟んでやった。

むごっと声が漏れる音を聞いて、創生が何かツボに入ったらしく喉を鳴らして笑っている。春緒は割り箸を外して、大仰にため息をついた。

「助けてくれんか、創生。地獄や。嫁さん迎える前にやつれてしまうよ」

「助言はありがたく受け取るべきって親方がいつも言うてることですよ」

「しかしな……」

「やさしいやないですか。俺は監督役なんで」

そう言って創生が目を瞑《つむ》ると、春緒はもう何も言えなくなったようだった。

それから一週間が経過する頃、次の約束をとりつけることに成功し、いよいよ日曜日の午後に春緒はデートに向かうことになった。

当日、探偵よろしくついていこうとしていた彩羽だったが、千恵子に止められた。

「だめやよ、だめ」

「どうして？　心配じゃないの？」

「今はひとりで行動させないとまた弱気になるんやから、春緒は」

千恵子の言うことは一理ある。だが、そうは言うものの、焚《た》き付けた本人にしてみれば、気になって仕方がないのも事実だ。

ランチに誘って、兼六園《けんろくえん》に行くと言っていたが、会話は弾んでいるのだろうか。

兼六園というのは、加賀《かが》藩によって金沢《かなざわ》城の外郭に造営された江戸《えど》時代を代表する池泉《ちせん》回遊式《かいゆうしき》庭園で、国の特別名勝に指定された日本三名園のひとつだ。

そこは早朝の散歩や大人のデートスポットとして人気の場所にもなっている。春緒と紗織はその中にある玉泉邸《ぎょくせんてい》というガーデンレストランで食事をする予定だそうだ。

（私も創生さんをデートに誘うべきだったかな）

いつも創生に誘われてばかりなので、自分からたまにはどこかに誘いたいと思っていたところだ。けれど、今日あいにく創生は大学の方の用事で忙しい。

一日そわついていると、玄関のドアが開く音がした。

飼い犬がいまかいまかと飼い主を待っていたみたいに、彩羽は飛び出していく。

「おお、彩羽、ただいま」

「おかえりなさい。うまくいった？　どんな感じだった？　失敗しなかった？」

「ちょ、待ってたいま。とりあえずは、まあ……そういうことや」

「それじゃあわからないよ」

「そのな、勢いあまってお付き合いしてくれませんかって口にしてしまったんがやて」

「えっ」

「けど、功を奏したというかな」

春緒がくすぐったいような顔をして言った。

「おじさんにも春が来そうや」

いつもよりも若々しく見えるのは、恋をして生き生きしているからだろう。

「じゃあ、次は紗織さんへのプロポーズの言葉を考えなくちゃね」

「しなしなっと、休憩しょまいかね」

「お茶を淹《い》れる？　それともお酒？」

「そうやな……祝杯が欲しいな」

春緒がはにかんで言った。彩羽は嬉しくなりにっこりと返事をした。

「了解」


その日から、春緒は毎日楽しそうにしていた。毎週のようにデートをしていたし、かれこれ一ヶ月近くなる。

彩羽がバレンタインのチョコレート作りをしていたときも紗織からチョコをもらったと喜んでいたし、てっきりふたりはうまくいっているのだと思ったのだが。

二月もまもなく終わろうというとき、デートから帰ってきた春緒の様子がおかしかった。玄関からすぐに動こうとしないのだ。

「おかえりなさい」

声をかけても、俯《うつむ》いたままうなだれている。

「おじさん、どうしたの？」

顔を覗き込むようにして彩羽が尋ねると、春緒は急に道化師にでもなったかのように頭を掻いた。整えていた髪はあっという間にくしゃくしゃになる。まるで魔法が解けてしまったかのように。

「実はな、やっぱり付き合えませんて、紗織さんに断られたわ。無理をするもんやないね。調子に乗って恥かくところやった。せっかく協力してくれたのにな、ご期待に添えずすまんかったね」

そう言い、春緒は彩羽の頭をやさしく撫でた。

「おじさん……」

空元気の春緒を見て、彩羽は……励ます言葉を幾つも並べようとしたが、言葉にならなかった。

それほど春緒が落ち込んでいたからだ。その重苦しい感情がくすんだオーラの色を漂わせている。今、触れられた部分に触れてみれば、どれほど傷ついたかが伝わってきてしまうのだ。それは、心臓が凍りつきそうなほど苦しい感情だった。とっさに彩羽は服越しに胸のあたりを掴んだ。

「彩羽ちゃんが気にすることやないから」

立ちすくんでいる彩羽の肩を叩き、千恵子が言った。春緒と彩羽のやりとりを見守っていたらしかった。

「おばあちゃん……でも」

「残念やけど、こういうのは縁っていうもの。春緒には失恋っていう経験ができたわ。そのうちけろっと元気になって、新しい恋ができるようになるわよ。おばあちゃんもまた良い相手を見つけてくるから」

千恵子は彩羽を励ますように言った。

でも、春緒は紗織に恋をしていたのだ。だめだからといってすぐに他の誰かとなんて考えられないのではないだろうか。春緒が恋に奥手で一途なところは、彩羽と一緒だ。

それに今回は気合を入れて臨んだ。春緒も最初は渋々だったが、紗織のことを気に入り、自分自身を気にかけるようにもなっていた。いつもどこか達観したような、最初から諦めたような春緒の瞳は、いつもより生き生きしていたし、工房でも今まで以上に仕事に精を出していた。そんな姿を思い返せば思い返すほど、胸が押しつぶされそうになる。

彩羽は部屋に戻り、力なくベッドに腰を下ろす。

気にすることじゃないと言われても、やはり応援していた身としては落ち込む話だ。誰よりも敏感に感じ取ってしまう彩羽には、なおさらだった。

それと同時に、なぜ紗織は気を持たせるようなことをしたのだろう、と怒りのようなものも湧《わ》いた。そもそも工房に興味を持っているという割には一度も顔を出したことがない。春緒に会ってみたいと言ってきたのは彼女の方なのに。

しかしそれは祖母の千恵子から聞いた話だったのだった。紗織に実際に会ったことがないからどんな人かはわからない。勝手にこちらが怒っていてもどうしようもないかもしれない。

けれど、どうしても納得がいかない。

(私にできることって何かないのかな)

お節介だと言われるかもしれない。それでも、理由が知りたかった。知ってどうなるかはわからない。ただ、腑《ふ》に落ちない部分がある。それを確かめたかった。

よし、と彩羽は立ち上がった。

小さなバッグとスマホを手に収め、部屋を出た。勢いよく階段を駆け下りると、千恵子がびっくりした顔をした。

「どうしたの。そんなに慌てて。前から何度も注意しとるのに、階段で急いだら危ないやないの」

「ちょっと大事な用事を思い出したの」

「どこへ行くの?」

「あこちゃんのとこ! 買い物してくる。夕方までには戻るから」

嘘をついた。振り向かずに外に飛び出した。でも、そうでもしなければ、また止められるかもしれない。

余計なことだと怒られたらそれでもいい。春緒には自分と同じように後悔してほしくない。彩羽を突き動かすのは、その気持ちだけだった。

彩羽が目指そうとしているのは、紗織が勤めているという小料理屋だ。あれから一時間以上は経過した。彼女がそこにいれば約束を取り付けて直接話を聞きたい。いなければ、お店の人に出勤予定を聞いて出直すしかない。とにかく彩羽はそうでもしなければ落ち着かなかったのだ。

お店の情報を頼りに地図マップのアプリを開く。金沢駅周辺の繁華街の裏にある小料理屋らしい。彩羽のいるひがし茶屋街《ちゃやがい》付近からはバスで十五分ほど。

バスの中は休日で混雑していた。十六時半を過ぎたところだが、冬は日暮れが早い。空は早くも茜色《あかね》に染まっている。あまり遅くなれば、千恵子を心配させてしまうだろう。

最寄《もよ》りのバス停に到着後、彩羽は地図の案内どおりに歩く。ふと視線を向けた先に『花衣《はなごろも》』という看板を発見する。紗織が勤めている小料理屋だ。

のれんが下がった由緒ある風格の店だが、店舗自体は新しい。格子状になった店の入口の戸を開き、そろりと身を忍ばせた。

「いらっしゃいませ。おひとり様ですか?」

すぐに声をかけられ、彩羽は言葉に詰まった。案内係の女性のネームプレートには矢作という名が印字されていた。

(この人が紗織さん……)

彩羽は思わず彼女の顔をじっと見た。写真の彼女と同じだ。美人だしやさしそうな人だった。

「あの、紗織さん、ですよね」

「え……？」

「突然すみません。私、一色春緒の姪《めい》の彩羽です。お世話になっています」

「あら。あなたが噂《うわさ》の姪っ子さん。よく話は聞いていたわ」

「実は、お話があって紗織さんに会いに来たんです。お仕事をお邪魔してごめんなさい」

神妙な面持《おもも》ちをした彩羽を見て、彼女……紗織は察したらしく、店の方を気にかけた。

「まだ休憩の時間ではないけれど、暗くなるのに待っていてもらうのもちょっと。少し時間をもらえるように言ってくるから、待っていてくれるかしら？」

「はい。お仕事中すみません」

「ううん。いいのよ。可愛い来客だもの。何か食べていってちょうだい。私、おごるから」

「いえ、そういうわけには」

「いいのいいの。待っててね」

紗織は踵《きびす》を返し、誰かと話をつけてきたようだ。すぐに戻ってきて手招きしてくれる。

「お客様用の個室が空いているから、そこでお話を聞くわ」

案内されたのは、いかにもお得意様用といった仰々しい個室ではなく、商談用の質素な部屋だった。

紗織はお茶とお通しそれからプリンを持ってきてくれた。

「お口に合うといいけれど」

にこやかに紗織は言った。ここまでおもてなしをされて断る方が申し訳ないと思った彩羽は、お茶に手を伸ばす。

「いただきます」

「——それで、お話って？」

彩羽が湯呑茶碗《ゆのみちゃわん》を置くタイミングを待って、紗織が尋ねてきた。

緊張が一気に押し寄せ、自然と背筋がピンと伸びる。

「単刀直入《たんとうちょくにゅう》に言います。春緒おじさんのこと、どこかよくないところがあったら教えてください。見直してもらえるようにがんばりますから」

彩羽が懸命に訴えると、紗織はちょっと驚いたように目を丸くして、それから微笑んだ。

「そんな。よくないところなんてないわ。春緒さんは素敵な人よ。私にはもったいないくらい」

「じゃあ、どうして……」

「色々事情があるの」

「聞くわけにはいきませんか？」

紗織は首を横に振った。

「実は、子どもを産めない体なの」

「え……」

「定期的に検査はしていて、わかったのは最近なんやけど……だから、こんな私ではだめなの」

彩羽は何も言えなくなってしまった。紗織は春緒を弄《もてあそ》んでいたわけではなく、悩んでいた。苦しんでいたのだ。

「でも……」

「春緒さん跡継ぎが欲しいと言っていたわ。自慢の工房のマリアージュの話も聞いたの。だから、そんな素敵な夢を壊すようなことはできない」

「紗織さん……」

「叶えられない私では一緒にいられない。きっと春緒さんならよい人と巡り会えると思うわ。こんなに素敵な姪っ子さんがいるんだもの。羨《うらや》ましいわ」

何もかもを諦めたような、でも、激しく後悔しているような、感情の乱れが、微かに視えた。そして拒絶の色も。

話をしてもらえただけでもよかったのだと思わなければならない。これ以上は踏み込んではいけない、と彩羽は察知する。

「今日は遅くなると家族が心配するので帰ります。でも、諦めないでください。私は、紗織さんとも家族になりたいです。春緒おじさんはそこまで心が狭くありません。信じてください」

言葉を選んだつもりだった。でもそれは願望でしかないのかもしれない。それでも紗織の瞳が僅かに揺れたのを、彩羽は見逃さなかった。

紗織もきっと迷っている。本心ではないはずだ。

彩羽は頭を下げ、それから立ち上がった。

「せっかく出してくださったのにごめんなさい。お料理はいつか、楽しい話をするときにまた来ます」

「せめて見送りをするわね」

紗織は慌てて彩羽を追いかけるように立った。

「お忙しいところお邪魔しました。ありがとうございました」

「いえ、気をつけてね」

ぽつんと立って手を振ってくれている紗織に、彩羽は小さく手を振り返した。

紗織には事情があった。自分を優先せずに、大事な人を立てたのだ。それくらい、春緒のことを大事に想ってくれているのだろう。

『花衣』から出たあと、帰りのバスに揺られながら、彩羽は春緒に真実を話すべきだろうかと悩んでいた。

もしも自分が紗織の立場だったら、創生に別れたくないと縋ることはできるだろうか。彼女と同じように愛する人のためを想って身を引いてしまうかもしれない。それが、愛している人の幸せになることなら。

でも、果たしてそれは愛する人にとっての本当の幸せなのだろうか。自分本位で、勝手な思い上がりではないだろうか。

それとも、彩羽がこういうふうに考えること自体、あのふたりに迷惑なことだろうか。考えれば考えるほど迷路に入り込んで、答えが見つからない。

家に着く頃、スマホが振動した。

千恵子が心配して連絡を寄越したのかと思って画面を見たら、創生からの電話だった。出るとすぐに、創生の声が聞こえてきて、彩羽はホッとした。

「今、家に帰ってきたところ」

『外におったの？』

「うん。出かけてきたところ。何か用事あった？」

『あのんな、髪飾りがマフラーに絡まってたんやよ。畳んでおいたからすぐに気づかへんですまんかった。次に工房に行くときで大丈夫け？』

「わ、そうだったんだ。私も全然気づかなかった。うん、大丈夫。わざわざ連絡くれてありがとう」

創生のやさしさに癒《い》やされていたら、スマホの向こう側が急に静かになった。電波障害かと思ったが、違った。ノイズが走らない代わりに、静かな息遣いが聴こえた。

『……声が聴きたいと思っとったし』

その小さな声を聞いて、彩羽は一瞬、息が止まるかと思った。

心の準備がないまま甘い言葉をささやきかけてくる彼は職人さんでありながら王子様であり、そして実は悪魔なのではないかと思う。

激しい羞恥心《しゅうち》に身悶《みもだ》えながら、彩羽はにやけてしまいそうな顔を手で押さえつつ、震える唇をゆっくり開いた。

「私も。思ってた……だから、嬉しい！」

正直に伝えると、電話の向こう側で彼が微かに息を弾ませるのがわかった。

顔が見えないからこそ、感情が伝わってくる気がする。電話というのも案外いいものだな、と彩羽はひとり右手に力を込めながら実感する。

『たった三日会えないだけやのに、今までと環境は同じやのに……なんでなんやろな』

戸惑うように創生が言った。彼が心の声をこぼすのは珍しい。ただそれだけで彩羽は胸が熱くなった。

「うん。私も同じ。一緒だよ」

彩羽も声に出して頷く。彼と同じで、自発的にというよりは、心の声がぽろっと漏れ出た形だった。

その後また流れた沈黙も、ちっとも苦痛ではなかった。むしろ心地よさを感じる柔らかな時間だ。それをしばし堪能《たんのう》したあと、無性に彼に会いたくなった。

つい数日、会話を交わしたばかりだし、工房に行けば顔が見られるし、こうして電話をしたりメッセージを送ったりして繋がっていられるのに。

寂しさや恋しさは片想いをしている時にも感じていた。けれど、その時とはまた種類の違う感情なのだ。どう説明したらいいかわからない。

もっと心を通わせたいと願う。相手の本心を知ることができたとき、むずがゆいような心地になる。

これは、恋人に対する愛《いと》おしさと言ったらいいだろうか。ありきたりだが、幸せと呼んでいいものだろうか。

しかし一度きりで終わる感情ではない。どんどん底なしに貪欲《どんよく》になっていく。もっと彼が知りたい。もっと深く繋がっていたいと願う。

この先には何が視えるのだろう。

恋はそうしていつしか愛に移ろっていくものなのだろうか。

きゅっと胸が痺れるような甘酸っぱい感傷を抱きながら、彩羽はスマホを握り直した。

その手が汗ばんでいる。

『また休みの日にどこか出かけようか。それとも、勉強会とか映画鑑賞会とか……』

「勉強会は創生さんのところで?」

『どこでもいいよ。ああ、もちろん、遅くならないように送っていくけ』

「うん」

楽しい会話に声を弾ませたそのとき、不意に紗織と春緒の顔が思い浮かんだ。

「そうだ。あのね、創生さん。おじさんのことでちょっと気になってることがあって」

『どうしたん?』

「実はね……」

春緒が振られたということ、彩羽が紗織の勤め先に出向いたこと、それらの経緯を説明すると、創生は彩羽の行動力に驚きながらも黙ったまま最後まで聞いてくれた。

『なるほどな』

「考えれば考えるほど、どうしたらいいかわからなくなっちゃって……」

人生の選択肢はいくつもあった。間違えたことだってたくさんある。しかし後悔も満足も自分が決めてきたからこそ在る感情だろう。家族とはいえ、介入すべき問題ではないかもしれない。

けれど、なんとかしてあげたいと見過ごせない気持ちもある。そんなもどかしさを彩羽は創生にありのまま打ち明けた。

『結婚……てなんのためにするんかな。何度も考えことあったし、今でも思うことあるよ』

創生はそう前置きをした上で、続けて言った。

『基本は、この人とずっと一緒にいたいって、どうしようもなく必要だって思ったときにするんやろな。必ずしもそこに理性があるとは思わん。その先にどうなるかはわからない。実際、俺の両親みたいなことやったり、彩羽の両親みたいなことやったり、するかもしれん。けど、それでもそのとき一緒にいたいって思う相手はその人しかおらんのんやろ。子どもができないかもしれないからっていう理由で、手放したいとは考えられへん』

一言ずつ、重ねられた言葉を、彩羽は反芻《はんすう》する。

「……おじさんだってきっとそうだよね？　言ってあげた方がいいよね？」

『デリケートな問題なんやろうけど、でも、言わないで遠ざけたままでいたら、ふたりとも後悔するんやないかな。その後悔が、いいものになるか悪いものになるかはわからない。誰にも正解だと断言はできない。それでも親しい人間が助言をするくらいならしてもいいと思う』

「……わかった。聞いてくれてありがとう。すっきりしたよ。おじさんに話してみる」

『なんかあったらいつでも連絡してな』

「うん、それじゃあまた……」

名残惜《なごり》しくはあったが、スマホの通話画面を閉じる。彩羽は玄関のドアを開けてからは、いつもどおりを装った。

予定より遅くなったことを千恵子に心配されたが、深く追求されることはなかった。

手を洗って着替えを済ませたあと、彩羽は春緒を気にかけつつ夕飯の準備を手伝った。

春緒はというと、茶の間のこたつを前にぼうっとしていた。すっかり魂が抜けている様子である。

千恵子が彩羽に耳打ちをする。

「さっきから、あの調子よ。珍しいったらないわ。しばらくそうっとしておきましょ」

春緒はぴくりとも動こうとしない。今の春緒は普段の朗らかな叔父らしさもなければ、工房の頼れる親方らしさの欠片《かけら》もない。

それくらい本気で紗織との未来を考えていたのだろう。千恵子はそうっとしておこうと言うけれど、紗織の事情を知らないからこそ言えることだろう。やはり春緒には真実を話すべきだ。

彩羽の決意は固まった。

夕飯を終えたあと、彩羽は春緒の書斎を訪ねた。部屋のドアをノックすると遅れて返事があった。

開いたドアの先……和紙に関する資料や古い本に囲まれたその部屋の中央に、春緒の姿があった。何か調べ物でもしているのか、分厚い本を捲《めく》っているようだった。

「春緒おじさん、ちょっといい？　紗織さんのことで話をしておきたいことがあるの」

彩羽の様子を見て、普段は鈍感な春緒も何か勘付いたらしかった。内容は知らないまでも何か事情があるのではないかと感じたのかもしれない。

さっそく彩羽は今日紗織に会って話を聞いたことを告げた。春緒は驚き、そして後悔の念を込めるように目を瞑り、眉《まゆ》を顰《ひそ》めた。

「そうやったんか……」

ため息交じりに春緒はつぶやく。

「おじさんは、今の話を聞いて、どう思う？」

「どう思うて、押しつけるんばかりが、愛情やないしな」

そう言い、開いていた本を閉じた。

その続きの言葉がすぐには出てこなかった。彩羽は逸《はや》る気持ちを抑えきれず、さっき見た紗織の表情から感じとったことを伝える。

「けど……紗織さんだって、本当は一緒にいたいって思ってるはずだよ」

うん、と春緒は頷く。そして言い聞かせるかのように二度頷いた。

「あんやとな、彩羽。心配してくれたんやな」

「応援してるからね」

と、春緒を励ましながら、彩羽は泣きたくなった。

それは、春緒の放つ色彩から伝わってきたものに触発されたに違いなかった。

「大丈夫やよ。ちゃんと考えてる。かっこいいところも見せとかな」

そう言い、春緒はいつもの叔父らしく微笑んだ。


数日後、春緒は紗織に約束を取り付け、工房を見てほしいと半ばむりやり連れてくることに成功した。

千恵子と彩羽はもちろん紗織を歓迎した。創生もその場にいてくれていた。

彼女は戸惑っているようだったが、春緒は頑として譲らなかった。

「今日は来てくれてあんやと存じみす。あー……紗織さんに家族を紹介してもいいけ？」

と前置きし、春緒は彩羽と創生の方に視線を移した。

「若いふたりは、これから、あなたと家族になる者たちかもしれませんから」

春緒が切り出すと、紗織は瞳を大きく揺らした。

「私、実は……」

何かを言いかける紗織を制し、

「みなまで言わんでいいです。彩羽から聞きました」

春緒がそう言うと、紗織は彩羽の方を見た。

彩羽は告げ口のようになってしまったことを申し訳なく思いつつ彼女に頭を下げた。

事情を察したらしい紗織は小さくため息をついた。

「それなら、なおさら……わかっているでしょう？　私にはそんな資格ないんです」

「大丈夫。すべてを受け止めますから」

「でもっ」

「資格なんかいりますか？　私はあなたがいいんです。あなただから、恋をしたいと思ったんですよ」

「……春緒さん」

「紗織さん、私と一緒になってくれませんか」

春緒がまっすぐに紗織の顔を見た。緊張はしているようだ。

だが、それよりも彼女への想いを伝えようと真摯《しんし》に訴えている春緒の姿が、その場にいる者の胸を打った。

彩羽も思わずぐっと手に力を込めた。どうか伝わってほしい。うまくいってほしい。そう願いながら、息を詰めて見守っていた。

紗織は何度か口を開きかけては噤《つぐ》んだ。すぐに答えられることではないだろう。しかし次の瞬間には彼女の表情がほころんで、そして彼女の目から光の粒が溢れ出した。

「こんな私でよろしいんですか」

「よろしいに決まっています」

春緒は頬を紅潮させ、紗織に手を差し出した。

その手を、紗織は握った。さらに春緒は彼女の手を握り返す。

ふたりの手はしっかりと結ばれ、紗織の瞳《め》に溜《た》まった涙が瞬く間に頬を伝っていった。

「幸せにします。一緒に、幸せになりましょう」

「……はい」

プロポーズは大成功だ。

彩羽は思わず飛び上がりそうになるのを堪《こら》えてこらえて、それでも込み上げてくるものが抑えきれず、隣にいる創生とハイタッチをする。そしてそばで固唾《かたず》を呑んで見守っていた千恵子はようやくホッと胸を撫で下ろしたようだった。

「おめでとう！　春緒おじさん、紗織さん！」

彩羽が声を上げると、紗織と春緒のふたりは顔を見合わせる。そして彼らは頬を共に赤く染め、幸せそうに微笑みあったのだった。

「なんだか、昭太郎《しょうたろう》さんからプロポーズされたことを思い出しちゃったわ」

千恵子がこっそり彩羽に耳打ちをする。

そんな祖母の表情が、若い頃のアルバムの写真に映っていたものと重なって見えた。

ああ、そういう日があったのだ、と彩羽は感動する。やっぱりここは愛に溢れた場所なのだ。

そして今日、ここにまた一つ素敵なマリアージュが結ばれた。

終章　誓いのマリアージュ

桜の花びらが頬《ほお》をかすめていく。川沿いに並んだ桜並木を、彩羽《いろは》は創生《そうせい》と一緒に歩いていた。

ふたりは春休みにデートをしたあと、工房と店へ、それぞれ働くために一緒に向かっているところだった。少し遠回りをして、おだやかに流れる浅野川沿いを歩いていくと、滝《たき》の白糸像《しらいとぞう》のあたりに到着した。

彩羽は一年前の春の日のことから振り返る。

クラスメイトと一緒に栞《しおり》を作ったこと、創生と栞を交換したこと。夏の七夕《たなばた》に母に会いに行ったときのこと、夏祭りで二匹の金魚をすくって一緒に花火を見たときのこと、秋の神社で知った祖母の過去と事実、そして冬に願った各々《おのおの》の幸せ。そのそばにはいつも和紙工房マリアージュの存在があった。

目の前に見えてきた店を眺め、やっぱりここは素敵なところだ、と彩羽は想う。

いろいろな出会いに包まれた場所だ。彩羽の大切なものがいっぱい詰まっている。だから、これからもここにいたい。

進路は、和紙工房のお店を継ぐこと。いつか工房の創生が跡を継いでくれたら、夫婦になれたらいいなぁと思っていたら、隣にいる創生に、どうしたのか、と聞かれて、彩羽は勇気を出して告げた。

「創生さん、私は、これからもあなたに、ずっとずっと恋しててもいいですか？」

プロポーズのような言葉に、驚いた創生だったが、照れたように首を掻《か》きながら、

「……それは、もちろん」

と彼は言った。

「というか、そういうのはもっと順番を……」

「春緒《はるお》おじさんたちのこと思い出したら、はやまってしまいました」

自分が恥ずかしいことを言った自覚はあるつもりだ。きっと今の自分のオーラはきっと桜色に染まっているのだろう。

「驚いたけど、彩羽がいいんなら、それでいい」

ふたりのシルエットが重なった。それは誓いのようなキスだった。

千年先もずっと続いていくことを想い描いて。マリアージュに込められた想いを引き継いでいくのだ。

いつか、ふたりが結婚するときがきたら、春には創生の母からもらったあのブーケを持とう。夏になったら、彩羽の母が作ってくれたような千羽鶴を軒下に飾ろう。それから、それから……と、たくさんの夢がふくらんでいく。

彩羽のまぶたの裏には、夫婦になったふたりの姿が浮かんでいた。

未来《みらい》の私《わたし》へ贈《おく》る、君《きみ》と紡《つむ》ぐ今日《きょう》の物語《ものがたり》

2021年3月5日　初版発行

著　者　蒼井《あおい》紬希《つむぎ》

発行者　野内雅宏

発行所　株式会社一迅社
〒160-0022
東京都新宿区新宿3-1-13　京王新宿追分ビル5F
03-5312-7432(編集)
03-5312-6150(販売)
発売元:株式会社講談社(講談社・一迅社)

印刷・製本　大日本印刷株式会社

DTP　株式会社三協美術

装丁　西村弘美

・本書は書き下ろしです。

・この作品はフィクションです。実際の人物・団体・事件などには関係ありません。

ISBN978-4-7580-9340-8

おたよりの宛先
〒160-0022　東京都新宿区新宿3-1-13　京王新宿追分ビル5F
株式会社一迅社　文芸・ノベル編集部　蒼井紬希先生